目次

イラスト／えびなみつる　レイアウト／小島由記子

はしがき

有名なジョークがある。「世界一うすっぺらな本はどれですか」という問いに対し、「『ドイツ・ユーモアの二千年』です」と答えるものだ。

私たちドイツ人にはユーモアがあるんだろうか。「ユーモアがない」とけなされると、ユーモアを持っている一部のドイツ人は不安になる。もともとユーモアがない人なら、ないことに気づいてシュンとしたりもしないからである。ただし、ウィーンの批評家アルフレート・ポルガルが断定したとおり、「ドイツのユーモアは隠れみのを着ている。本人はのべつ『ぼく、ここにいるよ！』と叫んでいるのに、だれにもその姿が見えないのだ」

ポーランドの小説家タデウシュ・ノヴァコフスキの話によると、彼は一九五六年ロンドンからドイツへやって来たとき、ハインリヒ・ベルからこう警告されたそうである――「ドイツでは、ジョークはまあ話さんことですな。いったんは受け、心から拍手喝采されても、すぐ聴衆の一人が立ちあがって質問するからです。『いまの話、ほんとは何がおっしゃりたかったんですか』って」

私たちに欠けているのは、たぶんイギリス流の「ユーモア感覚」、学校でも仕込まれ、日常生活のすみずみまで決定づけているあの感覚だろう。あれが討論でも歓談でも独特な雰囲気をかもしだすわけで、その雰囲気につつまれていれば、もう誰ひとり感情を害して席を蹴ったりせず、反対派の名文句や有効打にも拍手が送られるのである。

「詩人と思想家の国民《くにたみ》」はユーモアを楽しむにはまじめすぎるのだ、とはよく耳にするところである。たしかにドイツでは、あいもかわらず複数の世界観が衝突しており、ひょうきんな人は真剣味がないと思われている。じつはショーペンハウアーもいうとおり、「大まじめになれる人ほどカラカラ笑える」はずなのだが。

ならドイツ文学はどうかと見れば、決してユーモア抜きなわけではない。ハインリヒ・ハイネ、ジャン・パウル、ヴィルヘルム・ブッシュ、カール・ファレンティン、クリスティアン・モルゲンシュテルン、ヨーアヒム・リンゲルナッツ、オイゲン・ロートなどは立派なユーモア作家である。カール・クラウスやクルト・トゥホルスキーにいたっては、そんな生やさしいものじゃないと言いたいくらいだ。

そこで批評家マルセル・ライヒ=ラニツキの証言を引合いに出すと、彼は『ファウスト』のメフィストを、世界文学のうち最もユーモアの才に恵まれた人物とみなしている。あれはむしろアイロニーやウィットでは、と反論したがる向きもあろう。けれどもユーモアが、自分自身を笑える能力——自分自身をおかしいと思える能力——であると解するならば、こうした評価にもうなずけるのではなかろうか。私個人にとっては依然、バーナード・ショーやオスカー・ワイルドを擁するイギリス人がうらやましいとはいえ。

以上のような理由から、今回チームを組んでジョークを収集・選定するにあたっては、イギリス人のクリス・ハウランドにも加わってもらった。したがって本書は、ドイツ流の生まじめさや世界観がらみの重苦しさに楽しい一石を投じたい、というねらいもあわせ持っている。

もともとジョークは、生きた会話の場で生まれるものであり、話し手と聞き手、およびいっしょに笑う第三者を必要とする。その点書物は不利なわけで、だからこそいっそう、ふさわしいものを厳選しなければならない。選定にさいし私たちは、ウィーン出身の名優フリッツ・コルトナーの金言、「あなた、くだらないことにずいぶん目が利くんですね!」をモットーとした。人の好みはとりどりだから、全部が全部というわけにはいかないにしても、せいぜいお笑いいただけたらと思う。

ディーター・トーマ

1945～49年

1945 5.8 ――ドイツ、無条件降伏

1946 10.1 ――ニュルンベルク裁判で主要戦犯への判決が下る

1947 9.30 ――ワルシャワにコミンフォルム（共産党・労働者党情報局）創設

1948 6.24 ――ソ連軍によるベルリン封鎖はじまる（～49. 5.12）

1949 4.4 ――NATO（北大西洋条約機構）発足

5.23 ――ドイツ連邦共和国基本法発効

9.15 ――第1回連邦議会選挙（8.14）の結果を受けて、アデナウアーが初代首相に選ばれる

10.7 ――ドイツ民主共和国誕生。この年、東側から西側へ逃亡したドイツ人は12万人強にのぼる

第二次世界大戦が終わり、ドイツは連合国の管理下に入った。停戦後ほどなく、アメリカ軍政府はドイツ駐留兵たちに、地元民と親しくなることを禁ずるむね発令した。しかしそれを守るGIなんか、ほんの少ししかいやしない。単独行動にせよ集団行動にせよ、とにかく彼らは欲望の対象を——いそいそ応じてくれそうなドイツ娘を——あらゆる餌で釣ろうとした。まず、そのころのジョークから始めよう。

東側のヒンツと西側のクンツはいいとこどうし。その二人がベルリンの居酒屋で落ち合った。

「おい、そっちの暮しむきはどうだい」とクンツが訊いた。

「まあまあだね」とヒンツが答えた。「夕方仕事がはねると、ロシア人がトラックで家まで送ってくれるんだ。で、西側のほうはどう?」

「信じられないくらいさ」とクンツが言うには、「なにしろアメリカ人がデラックスカーで迎えにきて、ヴィラへつれてってくれるんだ。シャンパンは飲めるし、タバコはふかせるし、熱い風呂には入れるし。それで仕事がすむと、また家まで送り返してくれるわけ」

「すごいな。おまえ、毎日そんないい思いしてるのか」

「おれじゃないよ、うちの妹さ」

終戦直後の大都会は荒廃していたが、それに比べると地方の町や村はまだましだった。したがってジョークにも、昔ながらののどかなものがまま見られる。

パッフェンホーフェンの豪農、プレヒテル夫妻にはじょうぶな子が八人いた。ただ末っ子のグステルだけは、五歳になっても話ができなかった。ありとあらゆる医者に見せ、何人か治療師にも当たったけれど、どうしてだかわからなかった。発声器官はちゃんとしていたからである。

そんなある日、家族そろって昼食のテーブルにつき、レバー入りだんごのスープをすすっていると、突然グステルが不快感まるだしに顔をしかめ、文句をいった。「このスープ、しょっぱいじゃないか」

みんな最初はうれしさのあまり言葉もなかったが、すぐ立ちあがってつぎつぎにグステルを抱きしめた。「ぼうや、ぼうや」と父親は歓声をあげていた。「おまえ、しゃべれるんだね！そいじゃ、なんでいままで一言もいわなかったんだい？」

グステルぼうやはけろりと答えた。「いままでは何の文句もなかったからだよ」

「おまえ、しゃべれるんだね！」

これと似た設定で、霊験あらたかな聖地へ巡礼に出かける話もある。

アーヘンのある家族は、男ばかり十三人の子持ちだが、なかにひとり発語がままならない子がいた。どんな医者も治せないので、父親は意を決し、南西フランスの巡礼地ルールドまでつれていくことにした。着くとさっそく、息子の頭を霊泉にひたした。とたんに息子が身ぶるいし、声をはりあげた。「何すんだよ、パパ、冷たいじゃないか！」

父親はもう有頂天、電話ボックスに駆けつけ、妻を呼び出してこう告げた——「おい母さん、奇跡が起こったぞ！　せがれがしゃべれるんだ！」

「そりゃそうでしょうよ」と妻が応じた。「父さんたら、まちがえて別の子をつれてっちゃったんだから」

終戦直後には、はっと胸をつかれるたぐいのジョークもあった。次にかかげるユダヤのジョーク二種など、笑いごとではないかもしれない。

夜間外出禁止令が出ているのに、ある晩ユダヤの老人がワルシャワ・ゲットーの往来をよろよろ歩いていた。角を曲がってねぐらへ向かおうとしたところ、親衛隊将校に通せんぼされ、「即刻銃殺するぞ！」とどやされた。

ただし将校はピストルの安全装置をはずしながら、こうつづけた――「命びろいのチャンスを一回だけくれてやる。おれの目は片方が義眼なんだが、本物と区別がつかない。どっちが義眼か言い当てられたら、おまえを生かしといてやろう」

ユダヤ人は将校をまじまじと見たすえ、「右目でしょう」と言った。

将校は唖然《あぜん》たる顔つきになり、ピストルをケースに収めた。「正解だ。それにしても何でわかったのか、ちょっと説明してみろ」

ユダヤ人はひとしきりためらったあげく、正直に答えた。「あんまり人間らしく見えるので、かえって変な気がしたからです」

ヒットラーがドイツで権力を掌握すると同時に、アーロンはアメリカへ逃げ出した。会社を設立したところ、これがうまいこと波に乗っていた。いっぽう弟のモイシェは、反ナチのドイツ人にかくまわれ、ハンブルクの住居に潜伏していた。で、戦争が終わるとアーロンは、モイシェがアメリカに入国できるよう取りはからった。

アーロンの住居で兄弟は抱きあった。そのとき壁の絵がモイシェの目にとまった。なんと、アードルフ・ヒットラーの肖像ではないか。

モイシェは青くなって尋ねた。「おいおい兄貴、いったいどうしてこんな絵をかけておくんだよ」

アーロンが答えた。「ホームシックにかからんようにするためさ」

一九四七、八年ごろに西側占領地域では新種のジョークが出まわりはじめた。純然たるナンセンスを特徴とし、イギリスないしアメリカに起源をもつものである。休暇で一時帰国した占領軍兵士が故国で仕入れ、西ドイツに輸入したのだった。その好例を二つ——

男が公園のベンチに坐っていると、鳩が飛んできて肘かけにとまり、「きょうはぽかぽかと気持いいですね」と話しかけた。

男はびっくりして「きみ、しゃべれるの!?」

鳩は平然と答えて「あたりまえでしょ」

「でもこんな話、だれも信じてくれないよな。そうだ、すまないけどちょっと協力してくれないか。ぼくは今晩、友だちを招《よ》んでささやかなパーティーを開くんだが、きみ、ぶらっと立ち寄るわけにいかないかね」

「いいですとも、アドレスさえ教えてくれれば……」

こうして鳩は、八時半ごろ行くと約束した。

男は友人たちに「しゃべれる鳩がもうじき訪ねてくるんだぜ」と話した。友人たちはみんな、べろべろの酔っぱらいでも見るような目で男を見た。八時半になり、九時になり、九時半になっても、鳩は現われなかった。

「そんなばかばかしい鳩の話、いいかげんによしたらどうだ」と友人たちがなじりはじめた。

そのとき玄関の呼びりんが鳴ったのだ。

ドアの外には例の鳩が立っていた。そして言いわけするのに、「遅れてごめんなさい。あんまり天気がいいもんだから、ついここまで歩きとおしちゃったのよ！」

バイエルンの森のまったただなかにある木こり用飯場に、見知らぬ男がぶらりとやって来た。ほっそりした体格で、身長は一メートル六十センチたらず。その小男が現場監督のところにつかつかと歩み寄り、自己紹介して尋ねた。「だんな、おたくで働かせてもらえませんかね」

現場監督は小男をじろじろ見まわし、にやりと笑ってこう述べた――「見受けるところ、あんたは手斧《ておの》を持ちこたえることさえできまい。裏の森で作業している、うちの連中をまあごらん。みんな一人あたま、三十分で一本オークを伐採するんだぜ」

「あたしならもっと早くやってのけます」と小男が言った。

現場監督はひたいにしわを寄せ、大斧を持ってくると、小男の手に押しつけて言った。「そいじゃ、いっちょ腕前のほどを見せてもらおうか」

さっそく二人は森に入っていった。現場監督がオークの大木を指さすと、小男は承知とばかりうなずいた。そうしてポケットからやすりを取り出し、大斧の刃をビシッと研磨したうえ、打ちこみにかかった。ぴったり十五分後にはもうオークの大木が倒れていた。

木こりたちはいずれ劣らぬ大男だが、ポカンと口をあけたまま立ちんぼう。現場監督も呆然としていたが、われに返り、小男の肩をポンポンたたいて呼びかけた。「すごいな、こんなの見たことないぞ。もちろん即、うちで働いてもらおう。ただ、一つだけ教えてくれないか。あんた、いままでどこで働いてたんだい？」

「サハラですよ」

「え？　砂漠で？　だってあんなとこ、木なんか一本もないじゃないか」

「いまはもうありませんけどね」

ナンセンスをナンセンスとして、ただ楽しめばいい例をあげたが、アメリカからこっそり持ちこまれ、ドイツに根づいた同類ジョークにはこんなのもある。


とある妙な療養所で患者たちが中庭に立ちつくし、じっと見ている。仲間の一人が旗ざおをよじ登り、てっぺんに紙きれを取りつけると、するする降りてくるのだ。紙きれには何て書いてあるんだろう、とみんな好奇心をそそられる。で、一人また一人とよじ登っていくわけだが、だれも判でおしたようにうなずいては、またするする降りてくる。

「ちょっと見てきてくれないか、紙きれに何て書いてあるのか」と院長が看護人に指令する。

看護人ははしごを持ってきてトコトコ登るが、やはりうなずいて戻ってくる。

院長がじれったそうに訊く。「いったい何て書いてあるんだね」

看護人が答えていうには、「旗ざおの終点ですと」


このように新種が出まわりだしたにしても、戦後まもないころのジョークは、大半が昔ながらの趣向によるものだった。「フォン・チッチェヴィッツ大佐」「ボニファーチウス・キーゼヴェッター」「好色おかみ」といったおなじみのキャラクターを登場させ、いくぶんしもがかったネタを焼き直すのが好まれたわけである。

フォン・チッチェヴィッツ大佐が、たまり場の士官クラブで仲間から問いかけられた。

「大佐どの、お笑いクイズをしかけてもよござんすか」

大佐はぶすっと答えた。「かまわんが、下品なのはよしてもらいたいな」

「もちろん下品なやつじゃありませんよ。こういうなぞなぞです——玉子〔「きんたま」の意味にもなる〕がいちばん熱っぽいのはどういう場合？」

「うーん、どういう場合かな」

「正解はこれ——フライパンに入ってる場合でした」

大佐はハハハと笑ったが、すぐ訊きかえした。「でも、ケツからフライパンに入るバカがどこにいるかね」

ハーケンクロイツ旗がはためくナチ党大会。その一つに、われらがボニファーツウス・キーゼヴェッターも突撃隊員として参加したことがある。だがクライマックスにいたり、大群衆が三回「勝利ばんざい《ジーク・ハイル》」とどなったとき、彼は力強く「くそ、くそ、くそ」と叫んでしまった。

そんなのはもちろん禁句だった。ところが尋問されると彼は、刑事警察もあきれたことに、こう申し開きしたのである――「いちめん褐色〔ナチ党員の制服の色〕だらけなので、すっかり目がくらんじまったんです」

相愛の王子と王女がいた
おたがい　ずいぶん苦労した
いっしょにイクことができなかったのだ
王子のイクのがいつも早すぎたため

好色おかみはＳＰＤ〔ドイツ社会民主党〕ともねんねした
冬でも　いざとなったら雪中でも
だが相手はきまって青年党員
老人党員は黙ってまわりを取りかこみ
マルクス・エンゲルスを読んでいた

一九四九年十月、東ドイツに「ドイツ民主共和国」が建国された。「労働者と農民の国家」をめざしたはずだが、スタート早々いろんな矛盾《むじゅん》があらわになった。なかでも、

①政策がモスクワの言いなりであること
②経済的苦境
③秘密警察の暗躍ぶり

がめだち、ジョークの好餌《こうじ》とならずにはいなかった。

ライプチヒ中央駅の運転主任が秘密警察に逮捕された。指導者ヴァルター・ウルブリヒトの特別列車が到着したさい、こう叫んだからだ——「引っこんでください！　はい、引っこんでくださいね！」

一人の東ドイツ市民が大きな花輪をかかえ、町の中央広場を横切っていった。友人がぱったり出会い、「だれが死んだの？」と尋ねた。

花輪の男は答えていった。「だれも死にやしないさ。けさはたまたま、国営小売商店に花輪があったから買ったまでだよ」

「だれが死んだの？」

偉大なる同志レーニンの生誕八十年記念式典が東ベルリンで準備されていた。この折に、カッコウ時計をつくる職人ベストスリーも表彰されることになった。

三等賞の職人がつくったのは、カッコウが時計から顔をのぞかせ、「レーニン」と一回鳴くもの。

二等賞の職人がつくったのは、カッコウが現われ、「レーニン、レーニン、レーニン」と三回鳴くもの。

一等賞の職人がつくったのは、レーニンが時計から顔をのぞかせ、「カッコー」と鳴くものだった。


東ドイツのジョークは、ほとんどが体制批判を内容とするものであるため、ひそひそ声で語りつがれた。そういうネタの発信源の一つに「ラジオ・エレヴァン」がある。エレヴァンはアルメニアの首都だが、ジョークばかり流す放送局がそんなところにあるわけはなく、これは仲間うちででっちあげた架空の局名だった。ラジオ・エレヴァンへの質問と回答、という体裁によるジョークを三例ごらんに入れよう。

質問：西の豚と東の豚はどう違う？

回答：西では「食べられる《ゲゲッセン》」けど、東では「同志《ゲノッセン》」になる。

質問：人民警察官の制服に線が三本あるのはどういう意味？

回答：一本線は「読める」しるし。二本線は「書ける」しるし。三本線は「読み書きできる人を知っている」しるし。

質問：東ドイツで政治ジョークを取りしまる元締めは、いったいどこにいるんでしょう？

回答：さあどこでしょうね。とにかく元締めがいる、ということしか私たちにはわかりません。

落穂ひろい

レストランのお客がウェイターに尋ねた。「どう違うのかね、『ランプステーキ・スペシャル』と普通の『ランプステーキ』と」

ウェイターが答えた。「『ランプステーキ・スペシャル』には切れ味のいいナイフをお付けします」


表玄関まえに坐っていた男が、自転車で通りかかった男に呼びかけた。「おーい、あんたの泥よけ、ガタガタ鳴ってるよ！」

自転車の男が訊きかえした。「何ですって？」

「泥よけがガタガタ鳴ってるってば！」

「何いってんだかわかりやしない、この泥よけがガタガタ鳴ってるから！」

イギリスから来た若い女性が、ぜひともドイツ語を習いおぼえようと決意した。バーでカウンターにピーナッツの皿を見かけると、さっそくおやじに尋ねた。「ピーナッツのこと、ドイツ語で何ていうのか、教えてくださらない？」
おやじは眉ひとつ動かさず「ペニスです」と答えた。〔じつはエールトニュッセという〕
後日ドイツの食料品店に入った彼女は、屈託なく頼んでいた。「ペニス一ポンドください！」

占領軍のアメリカ兵が二人、ドイツ人にまじってミュンヒェンの居酒屋でビールを飲みたくなった。

憲兵に見つからぬよう、両人はバイエルン人らしい服装をした。例のがんじょうな民俗靴をはき、ソックス、革ズボン、ズボンつりもぬかりなく、帽子にはひげそりブラシを差したわけだ。そうして手ごろな居酒屋を見つけると、ぶらり入ってビールを注文した。

ところが三十分後、二人のアメリカ憲兵がドアごしに中をのぞき、両人を見かけるなり、たちまち拘束してしまった。

どうして憲兵には、両人がアメリカ兵だとわかったんだろう。

黒人だったからである。


あるオーストラリア人が病院にかつぎこまれた。新しいブーメランをもらったため、つい古いブーメランを投げ捨ててしまった、それがいけなかったのだ。

1950〜59年

1951 4.18 ——ヨーロッパ石炭鉄鋼共同体成立

1952 ————アメリカ起源のブルージーンズがヨーロッパで大流行しはじめる

1953 3.5 ———スターリン死去

6.17 ——東ドイツで反体制の暴動。ソ連軍により鎮圧される

7.26 ——ウルブリヒトがドイツ社会主義統一党第一書記に選任される

1954 7.4 ———サッカーのワールドカップで西ドイツチームが優勝

1955 5.5 ———西ドイツ、NATOに加盟

5.14 ——NATOに対抗してワルシャワ条約機構が結成される

1956 10〜11月 ハンガリーで暴動。ソ連軍により鎮圧される

1958 1.1 ———ヨーロッパ経済共同体（EEC）発足

コンラート・アデナウアーはＣＤＵ〔キリスト教民主同盟〕を創立し、一九四九年、七十三歳で西ドイツ首相になった。以後一九六三年までその座にあったため、一九五〇年代はまるごとアデナウアー時代といえる。絶対多数に裏打ちされた自信のほどと、高齢ゆえの「老害」は、時にジョークの対象ともなっている。

「アデナウアーと職人との違いはなあに？」
「職人はなかなか来てくれないのに対し、アデナウアーはなかなか出ていってくれないこと」

友人がアデナウアーに警告した。「あなたのことをのべつほめてばかりいる人、そういう人にだけは気をつけなさいよ」
御老体が反問した。「でも、そういう人たちのいうとおりだとしたら？」

「首相、あなたはきのう、まるっきり違う観点から、ものをおっしゃってたばかりじゃありませんか」と反対派の演説者がなじった。

「かもしれない」とアデナウアーが認めた。「ただ、こればっかりはだれにも止められないんです、わたしが毎日かしこくなっていくのだけは」

一九五四年のサッカー・ワールドカップ決勝戦で、ドイツは優勝候補のハンガリーを打ち破った。おかげでいっぺんにサッカー人気が上がったが、そうした風潮にさからい、ヒーローを茶化すジョークも登場してくる。

ワールドカップで有名になった選手が展覧会を見にいった。出てきたらリポーターに意見を求められた。「トゥールーズ＝ロートレックをどう思います？」
「そうさね」、彼が答えた、「二対一でトゥールーズの勝ちだろう」

同じ選手が、こんどは文学のつどいに招待された。あとでリポーターが尋ねることに、
「ライナー・マリーア・リルケをどう思います？」
「そうさね」、彼が答えた、「三人とも絶好調じゃないの！」

サッカー人気とともにテレビも徐々に市民権を得、居酒屋などに据えられていった。ただし初期のテレビはチラチラして映りが悪かった。客のだれかがこう述懐したとおり——

「目さえつむっていれば、テレビもラジオなみに楽しめるもんだね」

西ドイツ市民は一九五五年にはもう、一人あたり百三十一マルクをアルコールに、八十七マルクをタバコに費やしていた。当然ながらバーを舞台としたジョークもはやってくる。

イギリス紳士が久しぶりに行きつけのクラブへやって来て、二、三杯ウイスキーを飲んでいた。ふと気づくとカウンターの足もとに、身長三十センチくらいの置物みたいな人物がいた。しかもそれが、イギリス植民地将校の制服を着、胸にいっぱい勲章をつけているのだ。紳士はバーテンに「わたし、夢でも見てるんだろか」と訊いてみた。

バーテンがカウンターをぐるっとまわって来、当の人物を抱きあげてテーブルのグラスわきにちょこんとおろした。そして言うには、「大佐、また話してあげてください。コンゴで呪術《じゅじゅつ》師《し》に『このろくでなし』とおっしゃった、それからのてんまつを」

好んで飲まれたのはビール、麦焼酎《コルン》、安物ブランデーなどであり、コニャックやスコッチなどの輸入品は、庶民にはまだ高嶺の花だった。でもタバコぐらいなら手が届くので、ほとんどの人が喫《の》みたがった。

列車のコンパートメントに、イエズス会士とフランシスコ会士がむかいあって坐り、聖務日課の祈りを唱えていた。そのさいイエズス会士のほうは、心静かにポケットからシガレットケースを取り出し、タバコに火をつけた。

「祈りを唱えながら喫煙するものではありません」とフランシスコ会士が異議をはさんだ。

「わたしはいいんです」とイエズス会士が答えた。「お許しをもらってありますから」

「そのお許し、簡単にもらえるんですか」、フランシスコ会士が興味しんしん尋ねた。

「もらえますとも。ローマで問い合わせさえすればいいんです」

後日、二人はまたぱったり出会ったが、フランシスコ会士はいまいましげにこう言った——

「あなた、こないだ、うまいこと言ってわたしをかつぎましたね。お許しなど、やっぱりもらえませんでしたよ」

「いったいどんな申請書を作成したんです？」とイエズス会士が訊きかえした。

「ごくありのままに問い合わせたんですよ、祈りを唱えながら喫煙してもよろしいでしょうか、って」

「ありのままますぎますね」、イエズス会士がにやにや明かした、「こう申請しなくちゃ、喫煙しながら祈りを唱えてもいいでしょうか、って」


五〇年代なかごろから、西ドイツでは旅行熱がにわかに高まった。当初はなじみ深いオーストリアへ出かける人が多かったが、やがてイタリアが休暇旅行のメッカとなった。逆にイタリアからは、出かせぎ労働者がアルプスを越えてどんどん西ドイツへ流れこんできた。


成人学校が教養講座を開いた。聴講してトクしたと思った男が、職場で同僚に問いかけた。

「おい知ってるか、シラーって何者だか」

「いいや」

「ドイツ最大の作家の一人さ！　そいじゃ、シュトルムって人は？」

「知らないね」

「これもドイツの作家で、海にかんするすごい話を書いたんだ！」

ここで同僚が問いかえした。「なら知ってるか、アルヴァーリって何者だか」

「いや知らない。でも成人学校に行ってれば、きっとわかるさ！」

「そうは思えんがね。だってそいつはイタリア人の出かせぎ労働者で、きみが成人学校へ出かけるたんびに、いそいそ奥さんを訪ねてくるやつなんだぜ」

ドイツには昔から馬がらみのジョークがけっこうある。そこで、当時大ウケした奇抜な話を一つ――


ある婦人が医者に駆けつけ訴えた。「先生、なんとかしてください！」

医者が言った。「どうしました、お元気そうじゃありませんか」

「元気なことは元気ですけど、よくごらんになって。わたし、だんだん馬に似てきちゃったの」

医者は注意深く見たうえでこう述べた――「なるほど、おっしゃるとおりだ。ふさふさした前髪がおでこにかかる様子といい、ぼってり厚ぼったいくちびるといい、黄ばんだ大きめの歯といい、馬そっくりですな」

「だから、なんとかしてくれませんか。わたし、どうしましょ」

医者は気の毒そうに頭《かぶり》を振った。「まいったな、わたしの手には負えそうもなくて……」

「それじゃ、処置なしとおっしゃるわけ？」

医者は思案していたが、やっとのことで「一つだけ手があります」と答えた。「処方箋を書いてあげましょう、奥さんが道で脱糞《だっぷん》してても見とがめられないように」


奇抜という点では同類だが、次の話などは無邪気なほうだろう。

列車内に坐っていた男が果物の包みを開け、慎重な手つきでリンゴ、バナナ、オレンジを取り出した。ぜんぶ皮をむいてしまうと窓を開け、ひとつひとつこまぎれにしながら窓外へ捨てていった。
乗り合わせた男がけげんそうに尋ねた。「いったい何をしてらっしゃるんです？」

「フルーツサラダをつくってるんですよ」と最初の男が答えた。

「じゃ、なんでぜんぶ窓から捨ててしまうんです？」

「フルーツサラダがきらいなもんで」

駐留軍兵士むけのラジオ放送をつうじて、ジャズなどの軽音楽になじむドイツ人がふえ、英米流のブラックユーモアにも人気が出てきた。

ニューヨーク州の悪名高いシンシン刑務所では、週一回健康テストがおこなわれる。囚人はそれぞれ独房の前に立ち、通りかかった医師から簡単な質問を受ける決りだ。

「体温は？」

「正常です」

「睡眠は？」

「良好です」

「椅子は？」

「ふかふかです」

つぎ。「体温は？」

「正常です」

「睡眠は？」

「なかなか寝つかれません」

「椅子は？」

「堅くて慣れません」

つぎ。「体温は？」

「すこし上がりました」

「睡眠は？」

「安眠できません」

「椅子は？」

「電気です」


アメリカ人はとかく、やることがハデでオーバーだ。それを苦々しく思うドイツ人ももちろんいて、次のようなジョークで一矢むくいようとした。


アメリカから来た客人が話した。「うちの農場を車でひとまわりしようとすると、五日かかっちまうんですよ」

それを受けて相手のドイツ人が言った。「わたしも以前もってましたよ、そういう欠陥車」

「わたしも以前もってましたよ」

アメリカで大きな養鶏場を営んでいるものの、種つけ用の雄鶏が役立たずなことにしょっちゅう腹を立てている男がいた。ある日彼はせりに出かけ、「スーパー雄鶏」なるものを高額で買い取った。

その雄鶏を第一鶏舎に放ったとき、彼は思わず「わくわくするぜ」と口走った。なりゆきやいかんと見れば、驚嘆するばかり。雄鶏がアッという間に雌鶏と一つ残らずつがい、柵を飛び越えて第二鶏舎に入るなり、つぎつぎ元気につがい終え、第三鶏舎に飛びこむと、そこでもたちまち務めをはたしたからである。

「一気に数千羽だぜ」と経営者が歓声をあげた。ところが雄鶏はきょろきょろあたりを見まわし、高い柵を飛び越えて、いちもくさん荒野に駆けこんでしまった。

「ちくしょう。やっとのことで、ほんとにすごい雄鶏を手に入れたと思ったら、もういかれちまいやがった」

経営者は馬にまたがり、雄鶏のあとを追いかけた。一マイル行ったところで、地面にのびているのが見つかった。いまいましげに拾いあげようとすると、雄鶏が片目をあけ、息もたえだえこう言った――「とっととうせろ、あの貪欲な雌どもを追っぱらったらどうだ！」

次に音楽がらみのジョークを二つ。テノール歌手はうぬぼれが強いものと相場がきまっており、その愚かしさはちょくちょくコケにされている。また芸術を解さぬ俗物も、くりかえし物笑いの種とされている。

リハーサルのさい、テノール歌手が歌いながら数えあげた。「一、二、三、四、六、七……」

舞台監督がさえぎって「五を抜かしましたよ」

テノール歌手が最初から歌いなおした。「一、二、三、四、六、七……」

あらためて舞台監督がさえぎり、「また五が抜けてます！」

するとテノール歌手、とがめる目つきでぐるりと見まわし、文句をいった。「プロンプターをつとめようって人、ひとりもいないんですね！」

有名な弦楽四重奏団がある小都市で客演した。コンサートのあと、市長が謝辞を述べた。「この拍手喝采からも入りのよさからもお察しのとおり、みなさんの人気はたいへんなものです」とほめあげたうえ、「そこで思うのですが、今晩くらい収益があがれば、みなさんの小さなオーケストラももうすこし大きくできるんじゃないでしょうか！」

五〇年代初めには演劇も息を吹きかえし、サルトルの不条理劇などが上演されるようになった。けれども、何のことかわからない人はかなりいた。お笑いコンビのキャラクター、テュンネスとシェールももちろんそのくちである。

テュンネスとシェール、つれだって劇場へ出かけ、席についた。幕があがる直前、シェールが言った。「おれ、もう一度ちょっと用を足してくらあ」

シェールは廊下に出て探したけれど、トイレはなかなか見つからない。あせってドアを二つ三つ開けると、なんだか広くて暗い部屋に出た。ぽつんとテーブルが一脚あり、花瓶が置いてあった。とっさに腹を決め、これで用を足すことにした。「やれやれ」、ほっと一息、シェールは来た順序をもどっていった。客席はすでに暗くなっていたため、手探りで自分の席にたどりついた。それからとなりのテュンネスに「もう始まっちゃった？」と尋ねた。

「まだ序の口だ」とテュンネスが答えた。「でもサルトルらしいや。男が登場すると、花瓶に小便だけしてずらかりやがった」

ところで、動物ジョークはいつの世にも人気がある。動物園がらみのジョークとあわせてごらんに入れよう。


文明世界にやって来たゼブラが羊に出会い、問いかけた。「きみはいったい何者かね」

「ぼくは羊といって、人間が服などつくれるように、羊毛をくれてやるんだよ」

次はヤギに問いかけた。「で、きみは何者かね」

「あたしはヤギといって、ときどきメエメエ鳴くわ。でも一番の特徴は、人間が食物にありつけるよう、乳とチーズをあげることね」

次は雄牛に問いかけた。「でっかいの、きみは何者かね」

雄牛はちょっとえらそうな態度でよそものをじろじろ見、こう答えた――「おまえさんがその縞の寝巻を脱いだら教えてやろう、おれさまが何者か」


男がある朝、庭に出ると、ぼんやりつっ立っている一羽のペンギンが見つかった。男はそっとなで、冷蔵庫に残っていた二匹のニシンを餌にやった。それからどう扱ったものか思案したが、けっきょく交番へ行くことにした。ペンギンもよちよち歩きでついていった。男は巡査たちにペンギン発見のいきさつを話し、「さて、どう扱ったらいいでしょう」と尋ねた。巡査たちも困惑していたが、そのうち一人が思いついた。「動物園につれてったら！」

「名案ですね」と男は言い、ペンギンをつれて交番をあとにした。

三日後、巡査の一人が男を見かけたところ、ペンギンをつれたまま広告塔の催し案内などを読んでいた。巡査は歩み寄り、いぶかしげに声をかけた。「あいかわらずペンギンづれじゃないですか」

男はあきらめ顔で両手をあげ、「まったく、どうすりゃいいんでしょう」

「アドバイスしてあげたでしょ、動物園へ行きなさいって」

「行きましたよ、あれから三べんも。だから、きょうは映画館にしようかと思ってるんです！」

セックスは時代を超えたテーマであるが、性教育が取り入れられるとともに、さばけた子も出てくるようになった。

学校で「大あわて」と題する作文が課された。さっそく男子生徒が提出したけれど、その用紙には「1、2、3、17、18、19、20、21、22」という数字、および「31」という数字しか書いてなかった。

「何なの、これは」と女の先生が訊いた。「大あわてとどういう関係があるんです?」

「すっごくあります」、生徒は順に数字をさして答えた。「ぼくには1、2、3人の姉がいて、17、18、19歳です。最初の姉は20日があの日、二番目の姉は21日、三番目の姉は22日の予定でした。きょうは31日だっていうのに、まだだれもアレがきてません。どうです、みんな大あわてのはずでしょ!」

べらぼうなホラ話は、いまでもそれなりに人気がある。ただし一方では、ホラ話といえども、おおげさすぎるのは縮小修正しようという心理がはたらくようだ。

イギリス人、アメリカ人、スイス人が同席し、それぞれ国家的偉業を吹聴《ふいちょう》していた。

海洋国イギリスの船員が自慢するには、「われわれが目下建造している潜水艦は、一年間水中にとどまることができ、まったく音を立てずに航行します。しかも戦闘機なみのスピードが出せるんです」

それに対し、アメリカ人が言いたてた。「われわれは目下シカゴに、地上四百五十メートルの摩天楼を建造しています。ガラスだけでできており、鉄もコンクリートも使わない、まるごとガラスの建築なんですよ！」

スイス人が伸びをし、しばし黙考したうえ請け合った。「そういうすごいものだと、もちろんわれわれには持合せがありません。ただスイスにはフィーアヴァルトシュテッテ湖というのがあって、その湖畔に名物男が住んでます。男の機嫌がいいと、そいつを椅子に見立てるのか、カラスが八羽ずらっと腰かけるんですよ！」

ひととき静かに飲んだあと、イギリス人がふたたび口を切った。「あの、ごく正直にいうと、さっきの話はちょっとオーバーでした。われわれの新式潜水艦は旧式のよりけ速いけど、飛行機にはまだ遠くおよびません。水中に一年間とどまる、ってのもダメです」

アメリカ人もわれに返り、とくと考えて反省ぎみに認めた。「あの、われわれの摩天楼はなるほどガラスだけでできてるように見えますが、もちろん鉄で補強されているんです。高さだって、まさかそんなにはありません」

二人が固唾《かたず》をのんでスイス人を見守った。スイス人は落ちつきはらってパイプを深々と吸い、こう打ち明けた――「そいじゃ、わたしもごく正直にいってしまうと、八羽のカフスはまったく坐り心地よくくつろいでいるわけでもないのです」

女性の性行動にかんする「キンゼー報告」（ドイツ語版・一九五三年）が出たのにちなんで、セックスがらみのジョークをまた――

テュンネスがシェールに言った。「おまえのかみさんは、おまえにもおれにもウソついてるんじゃねえか」

長い航海を終え、マドロスが売春宿にしけこんだ。服を脱いだところ、相手の女が目ざとく見つけた。ペニスに入れ墨で銘のようなものが記してあったのだ。女はびっくりして訊いた。「どういう意味よ、ルンバロッテ（Rumbalotte）って?」

マドロスが女の手を取りながら答えた。「おまえさんがモミモミしてくれりゃあ、見る間にはっきり読めるようになる。『バルチック艦隊に栄光あれ（Ruhm und Ehre der baltischen Ostsee-flotte）』という意味さ」

Rumbalotte!
Ruhm und Ehre der baltischen Ostseeflotte!

五〇年代に入っても、住宅難はすぐには解消されなかった。そこで——

「ヤギを買ったんだ、日々のミルク代を浮かそうと思ってね」
「だけど、きみんちには小屋がないじゃないか」
「とうぶん寝室で飼うことにするよ」
「でも、くさいぜ」
「それくらい、ヤギのほうで慣れてくんなきゃ」

ソ連を盟主とする社会主義体制の矛盾《むじゅん》は、西側の目にはいよいよあらわになってきた。次のジョークは、スイスの日刊紙『タート』（一九五九年七月十二日付）に載ったものである。

七ヵ年計画の目標を何年で達成するかが問題になり、各地からぞくぞくと景気のいい電報がクレムリンに寄せられた。六年半、六年、五年、はては四年で達成すると約束したものが多いなかに、オリョールの刑務所からの電報もまじっていた。その責任者が約束することには、
「先日、十五年の懲役刑を言い渡されたもの全員につき、七年で刑を終えさせてみせます」

一九五七年にスプートニク一号が打ち上げられたが、東欧ブロック全域にわたり、食糧をはじめとする消費物資の不足は深刻化していた。ジョークからも市民の溜息が聞こえるようだ。

「バターもない、クリームもないけど、月に赤旗が立ってるじゃないか！」

「ソ連の宇宙飛行士って、ほんとバカだな。地球をぐるぐる何周もしたのに、よりによってまたソ連に着陸するとは！」

東ドイツの秘密警察はシュタージ（Stasi）と呼ばれた。国家公安局（Staatssicherheitsdienst）の略称である。一九五三年スターリンが没し、遅ればせながら〝雪どけ〟が始まっても、国家の基本路線に変りはなかった。

ある男の飼っていたオウムが逃げた。男はただちに秘密警察へ駆けつけ、断言した。「これだけはお知らせしときたいんですが、うちのオウムとわたしは政治的見解が同じじゃありませんからね」

「月に赤旗が立ってるじゃないか！」

市電の中で音楽家が総譜《スコア》を読んでいた。その楽譜一枚一枚が暗号文にちがいない、とにらんだ秘密警察員は、スパイ容疑で音楽家の身柄を拘束した。音楽家は「ただの楽譜ですよ、バッハのフーガだったら」と何度も何度も説明した。

あくる日、音楽家は幹部の前に引き出された。幹部がどやしつけて言うには、「いいかげん泥を吐いたらどうだ、バッハはもう自白したんだぞ！」

ある弁護士が禁固十五年の判決を受けた。ＳＥＤ〔ドイツ社会主義統一党〕の第一書記ウルブリヒトをバカよばわりしたせいだ。判決が下ったのち、当の弁護士は刑法典をたてに「そういう軽犯罪にはせいぜい禁固二、三ヵ月が相当じゃありませんか」と抗弁した。応じて裁判長がどう説明したかというと、「あなたの罪は、同志ウルブリヒトを侮辱した点にあるのではありません、国家機密をもらしてしまった点にあるのです」

対する西ドイツのほうは、好調な輸出をバックに景気が上向き、成金なども生まれるにいたる。車が経済復興のシンボルであり、個人にあってはステータスシンボルとなった。

高校教諭が道端でごついメルセデスに目をとめた。車から出てきた男を見ると、昔の教え子なのでびっくりし、「おや、マイヤー君じゃないか。ばかに景気よさそうだが、いま何やってるの？」

「実業家になったんですよ、先生」

「実業家……」とオウム返しに言って、教諭は不審そうな顔をした。「なら、ソロバン勘定ぬきではすまないはずだけど、はっきり言ってよければ、きみ、数学は得意なほうじゃなかったよね」

マイヤー君はうなずいた。「でも、ぼくの商売はごく簡単なんです。いいですか、木箱を仕入れますね、一個一マルクで。そいつを販売するとき、一個三マルクにしちゃうんです。これで二パーセントもうかる勘定だから、ゆうゆう暮らしていけるわけ！」


二人のアメリカ女性がおしゃべりしている。

「ちょっと聞いて。フォルクスワーゲンというあの変なドイツ車、買ってみたのよ。ところが前を開けたら、エンジンが入ってないじゃないの」

「だいじょうぶ、あたしが協力してあげる。うちのＶＷ、うしろにスペアのエンジンがついているから」
「うしろのエンジンはスペアではありません、念のため」

修道女も車で出かける御時世だ。そんな一人が街道を走っていると、途中でガソリンが切れてしまった。しかたなく最寄りのちっぽけなガソリンスタンドまで歩いていき、「一缶ください」と頼んだ。ところが店主の言うのに、「今週はどうもおかしい。おたくの前に三人もお客が来て、もう缶はないんですわ」
「別の入れものでもいいわよ」と修道女が言った。
店主はそこらじゅう探したあげく、古ぼけたおまるを見つけ、これにガソリンを満たした。修道女はそれを受け取り、車までもどっていった。タンクにガソリンを注《つ》ごうとしていると、通りかかったトラックが急停車した。運転手は目をまんまるくして満タンのおまるを見やり、こう呼びかけた――「尼さん、おいらもあんたみたいな信念を持ちたいもんだね！」

ユダヤ人のジョークには、自嘲的でありながら思慮深いものが多い。戦前からオーストリアに受けつがれていたらしいのを、ウィーンの文人フリードリヒ・トールベルクが月刊誌『モーナト』で三例紹介している。

モラヴィアのとあるユダヤ教区に、たいへん有名なおくやみ弁士がいた。安くないから、だれでもというわけにはいかないが、遺族に余裕があるかぎり、どこの葬式にも呼ばれる男だった。

あるとき教区の名士が身まかった。その家族は必ずしも気前のいいほうではなかったが、故人にふさわしい弔辞をもらおうと思い、料金を問い合わせた。

「御都合しだいでどうとでも」と弁士は答えた。「こんなのはめったにやりませんけど、ほんとに心ゆさぶるすごい弔辞だと、それなりに高くなります。ただ、お金を払っただけのことはあり、みなさん泣かれます。会葬者も、ラビ〔ユダヤ教の導師〕も、棺おけの運搬人さえも。要するに墓地じゅう涙にかきくれるわけで、この弔辞が二百グルデン」

「二百グルデン？　とてもそんなには出せませんね」

「よござんす、では百グルデンのにしませんか。これもなかなか感動的でして、会葬者がこぞって泣かれること請合いです。ラビだって、二、三度すすりあげるかもしれません」

「それはまあ、どうでもいいんです。もっと安いの、ありません？」

「ありますよ、五十グルデンのが。ただしこれだと、お身内のかたしか泣かれません」

「五十グルデンでも、うちらにしてみれば高すぎるな。それでおしまい？」

「いいえ」、じれったさを気《け》どられないように弁士が言った。「もう一つ、二十グルデンのがあります。でも、ちょっと滑稽味《こっけいみ》のあるやつになっちまいますよ」


急行に乗っていた将校が食堂車に入ったところ、すでにユダヤ人の乗客が着席しているテーブルへ案内された。将校は不快感を隠そうともせず、反ユダヤ的な厭味を並べたてたあげく、窓の外を指さしてこう言った――「ごらんなさい、ここらの土地はいちめん、わが父祖によって開墾されたんです。われわれは投げ槍と弩《いしゆみ》をたずさえ、ここらへやって来た。あんたらはせいぜいタマネギをたずさえて来ただけでしょ」

　このときウェイターがテーブルに歩み寄り、メインディッシュを並べようとした。ステーキか子牛の焼肉を選ぶようになっており、将校は子牛の焼肉、ユダヤ人はステーキに決めた。

「つけあわせはタマネギにしますか」とウェイターが尋ねた。

ユダヤ人が答えた。「そうねえ、弩にしてください」


レストランの一般客室に、別々の教区から来たユダヤ人が数人同席し、それぞれラビのことを自慢しあっていた。

「わしらのラビは世界一偉大だ」と一人が勝ち誇ったように言った。「なにしろ安息日のたびに、神がわしらのラビのところへ来て語り合うんだから」

「そんなことはありえない」と疑り深そうなのが異議をはさんだ。

「どうしてありえない？　ラビみずから、わしに話してくれたんだぞ！」

「なら、うそをついたにきまってる」

「罰あたりなことを言うでない！」一喝した男は無敵の反証を持ち出した。「神はうそつきなんぞと語り合うものかね？」


次の話は、ウィーンでシュニッツラーとフロイトが活躍したころから語りつがれ、五〇年代に焼き直されたものである。


裕福な商人が広大な地所に高い塀をめぐらした。それをいいことに変り者の息子は、天気がいいと必ず全裸でポニーを乗りまわした。だれからも見られるおそれがなかったからだ。

ある日この息子は、暑い真昼に乗りまわしたのち眠くてたまらなくなり、草むらにのびてすぐ眠りこんだ。するとポニーが近寄り、くんくんかぎまわった。すごく敏感な部分もくんくんやったところ、息子が目をさましギョッとのけぞった。で、ポニーも度を失い、食いついてしまった。
息子はワッと悲鳴をあげた。召使たちが駆けつけ、医者を呼ぶことにした。医者は息子を担架で運ばせ、こう指示した――「けが人は入院させなさい。ポニーはフロイト教授のところへつれていきなさい！」

落穂ひろい

「うちじゃ二週間ごとにオイル交換してます」
「どんな車を運転してるんですか」
「いやあ、フライドポテトを売ってるんですよ」

二人のハンターがぱったり出会った
ズドン！
二人とも死んでいた

「ぼくは冷蔵庫に必ず一本、あきびんも入れておくぞ」

「どうしてまた」

「いつ来ないともかぎらないからだよ、何も飲みたがらない客が」


酒もタバコも大きらいな男が、キャンペーンを起こそうと思いたち、とある居酒屋の戸口まえに立ちはだかった。出てくる客を一人一人とっつかまえ、浪費ぶりをさとそうとしたのである。さっそく恰幅《かっぷく》のいい紳士が、葉巻をくわえ千鳥足ぎみに出てきた。男はためらわず呼びかけた。「ちょっとお尋ねしていいですか」

「ああ、いいとも」と、くだんの紳士は上機嫌。

「あなたは今晩、この居酒屋で過ごしたわけですが、お金をどれくらい飲みつぶしたか、ごぞんじで?」

「知らないね。したたか飲んだのは確かだけど、こまかい勘定なんかいちいち覚えてない」

「ではごぞんじですか、お金をどれくらい煙にしたか」

「それも知らない」

「酒もタバコもやらずに貯めたら、たいへんな額になったでしょうに」

「うーん、かもしれないな」

「あそこの丘に立派なヴィラがありますね、見えますか」

「うん見える、それがどうしたと……」

「あなたのものになってたかもしれないじゃないですか！　酒もタバコもやらずに貯めていたなら」

とたんに紳士は酔いがさめ、男を見すえて訊きかえした。「おたく、タバコは？」

「やりません」

「酒は？」

「やりません」

「あのヴィラはおたくの？」

「いいえ」

「だろうな、あたしのだもん！」

1960～69年

1961 8.13 ——東ドイツ、逃亡者増大に手を焼き「ベルリンの壁」を構築

1963 10.15 ——アデナウアーが辞任し、エアハルトが後任首相となる

1964 ——好景気を受け、西ドイツに外国人労働者が急増する

1966 12.1 ——キリスト教民主・社会同盟とドイツ社会民主党との大連立によるキージンガー内閣発足

1967 ——国民総生産がゼロ成長となり、西ドイツの「経済の奇跡」も終わる

1968 ——西ドイツ全土で学生・市民の連帯による反体制運動が盛りあがり、物情騒然たるなか大学改革が進む

8.20 ——ワルシャワ条約軍、チェコへ進駐。「プラハの春」終わる

1969 10.21 ——ドイツ社会民主党と自由民主党との連立で、ブラントが首相となる

一九六〇年代初めに大ウケしたジョークがある。生活に余裕ができ、健康のために走ること（今でいうジョギング）がはやりだしたころの話だ。

若い男が昼ひなか、既婚女性の家にあがりこんだ。二人はさっそくことにおよんだ。情事がクライマックスに近づいたちょうどそのとき、外に車が乗りつけた。「夫だわ」、女がうろたえて言った、「早く逃げて、キッチンの窓から跳び降りて！」

女は愛人の衣服その他をささっとベッドの下へ押しこんだ。いっぽう男は裸のままキッチンの窓から跳び降り、しのつく雨のなか、近所の木立へ逃げのびた。するとたまたまジョギングしている人がいて、二人のペースは妙なぐあいに合ってしまった。相手は男を上から下までじろじろ眺め、用心深く切り出した。「おたくもやっぱりジョギングですか？」

「あたりまえでしょ」、男が答えた、「こっちは年季が入ってんだから」

「毎日走るんですか？」

「そうね、毎日」

「雨が降ると、すっぱだかになって？」

「ごらんのとおり」

「ほう。で、いつもコンドームをつけたまんま?」

「ううん、雨のときだけ」

こういうジョークが生まれ、とりかわされる場は、おもに居酒屋である。当時の居酒屋は男たちが入りびたるところであって、つれのいない女が入ることはあまりなかった。いきおい女性蔑視的なジョークも生まれやすく、いまふりかえればずいぶんと思える話にも、男たちは無邪気に笑いこけていた。

老けた女がひとり居酒屋に入ってきた。背中は曲がり、目はただれ、髪は半分はげ、服装もだらしなかった。右肩にオウムがとまっていた。女は居合わせた飲んだくれ連中に呼びかけた。「あんたらのなかで、これがどういう鳥か、言い当てられる人がいたら、ただで寝てやるよ！」

男たちは女の姿にたじろいだ。それで「ワシ」だの、「コマドリ」だの、「メンフクロウ」だのと言い逃れをした。

するとオウムが頭をもたげ、言い放った。「まあ、見逃してやろうじゃないの！」

ある男が晩方、車で暗い街道を走っていると、突然前方に影が見えた。急ブレーキをかけ、降りたところ、小人が立っており、肝をつぶした顔でこっちを見上げていた。

「おかげで命びろいしました」と小人が言った。「お礼に何か望みをかなえてあげます」

男はひとしきり思案したすえ口に出した。「ブルンジで内戦がやむよう望もうか」

「ブルンジ？　どこにあるんです、その国」

「アフリカのどこかだよ。わたしも詳しくは知らないが」

小人は首をふりふり打ち明けた。「ぼくの手には負えそうもないな。何か別のお望み、ありません？」

「それじゃ、妻が二十年まえみたいに、ピチピチきれいな姿になればいいと思う」

「奥さん、どこにいらっしゃいます？」

「家にいますよ」

「遠いんですか？」

「いや、たった四キロです」

小人は車に乗りこみ同行した。男の妻はもう、明りがついた玄関ドアの敷居のところに立ち、帰りを待っていた。その姿を小人はじっと見つめた。それから男の肩をトントンたたいて尋ねることには、「あのう、地図帳ありませんかね。ブルンジがどこか、バッチリ調べられるような……」

六〇年代も半ばを過ぎると、女性の地位向上をめざす動きが徐々に出てきた。それとともに、男性社会に反撃を加えるようなジョークもめだってくる。

せわしなく抱きあったのち、男はささっとパンツをはいてガールフレンドに言った。「まだ処女なんだとわかっていたら、ゆっくり時間をかけたのに」
「ふん」、女が応じた、「ゆっくりできるんだとわかっていたら、パンストも脱いであげたのに」

眠くて目がくっつきそうな夫が、ベッドで待ちかまえている妻に訊いた。「リーザ、おまえ、ほんとは男になりたいんじゃないか？」
「なりたくなんかないわよ」と妻が答えた。「で、あんたはどうなの？」

ある男がハデハデなイタリア靴を買った。全体はまっしろな革で、黒エナメルの爪革《つまかわ》がついているやつだ。妻をびっくりさせてやろうと、男は店で試したあと、そのままはいて出た。
帰宅したところ、妻はテレビの前におみこしを据え、ポテトチップスを食べながらビールを飲んでいた。「ただいま、かわいこちゃん」と声をかけても、「おかえり、じいさん」と返事するだけで、見向きもしなかった。

男は一瞬ためらったが、つづけて話しかけた。「ちょっと、こっち見てくんないかな」

妻はふりむき、上から下まで一瞥《いちべつ》すると、またそっぽを向いた。男はじりじりし、「めだつもの、何もない？」と尋ねた。

妻は肩をすくめ、ブラウン管に集中したままこう言った――「くたびれた顔してるわね、あいかわらず。どうせ、いますぐ煮込みのお鍋を自分で温めなおし、ビールを一本飲んだら寝るんでしょ。いつもどおり」

男は「まただめか」と思ったが、まてよと気をとりなおし、寝室に入った。そして新品の靴以外、着衣は脱ぎ捨て、全裸で居間にもどった。もいちど妻の前に立ちはだかったわけだが、こんども無視されたため、あらためて話しかけた。「ちょっと、こっち見てくんないかな、かわいこちゃん」

妻はポテトチップスをかじり、ビールを飲んでから、夫を上から下までじろじろ見た。

「どう？　まだ何も目につかない？」

「何に目をとめろ、って言いたいのよ」と妻がつまらなそうに応じた。「だらんと垂れてるじ

ゃないさ。あいかわらず！」

これにはさすがの夫も憤慨し、「ああそうだとも。おれの新品のイタリア靴に見とれているからな」

すると妻が言うのに、「なら、いっそ新品の帽子でも買えばよかったじゃん」


女性が強くなったことには、伝統ある全寮制女学校の校長先生もまっさおかもしれない。


年とった女の校長が、四人の女学生と森を散歩していた。先生はふと立ちどまり、生徒たちに問いかけた。「みなさん、どうします？　もしわたしがついてないとき男が現われ、みなさんのだれかを手ごめにしようとしたら……」

「パッと逃げます」と三人が異口同音に答えた。

「あなたは」と先生がマリーアに訊いた。

「とりあえず立ちどまってます」とマリーアが答えた。

「じゃ、そのあとは？」

「スカートをたくしあげます」

「そ、そう……で？」

「男のズボンを引きおろします」

「まあ！　それから？」

「試してみます、どっちが速く走れるか」


六〇年代に西ドイツは奇跡の経済復興をとげた。旅行ブームでフランスへ出かける人もふえたが、色事となると、つい実直な地が出てしまうようだ。


ドイツ人旅行者がパリのビストロでハンサムなフランス人と言葉を交わした。四杯目のコニャックを飲み終えたころにはかなり打ちとけたので、男にとって究極の問いをぶつけてみた。

「あんたらフランスの男性は、不思議なくらい女心をまんまとつかむ。女性を誘惑したくなった場合、いったいどんなふうにするんだろう」

「前戯がだいじだね」とフランス人が答えた。「女性とベッドインする前にドレスをちょっと開けてあげ、鎖骨のくぼみにシャンパンを注いで、そこから飲むんだ。次にドレスを広めに開けてあげ、胸いちめんにシャンパンをふりかけてすする。それからへそをむきだしにしてあげ、シャンパンを注ぎたして、……」

「ちょっと待った！」と、ここでドイツ人がさえぎった。「それ、ビールでやってもいいかな？」


フランス語を解さないドイツ人男性が、ニースのレストランで昼食のテーブルについていた。そこへフランス人男性が相席し、軽く会釈して「ボナペチ〔楽しいお食事を〕」と声をかけた。ドイツ人はてっきり相手が自己紹介したんだと思い、パッと立ちあがっておじぎらしきものをし、「オーバーマイヤー」と名乗った。

次の昼も同じこと。ドイツ人が貝を食べていると、同じフランス人がやって来て相席し、「ボナペチ」と声をかけた。またまたドイツ人は立ちあがり、「オーバーマイヤー」と名乗った。

その晩オーバーマイヤーは、フランス語のできる友人と落ち合った。そこで、二度も「ボナペチ」と自己紹介するフランス人に出会った話をした。

友人は明かした。「それは自己紹介じゃないよ。『グーテン・アペティート〔楽しいお食事を〕』とあいさつしたのさ」

あくる日、いつもと同じころ同じレストランに行くと、例のフランス人がテーブルにつき、ラムの背肉を食べていた。ドイツ人は近寄って着席し、にこやかに「ボナペチ」と声をかけた。

するとフランス人がパッと立ちあがり、おじぎをして言ったのである。「オーバーマイヤー！」

ビーレフェルトの熟練工が休暇をパリで過ごした。二週間後にもどり、行きつけの居酒屋をのぞくと、飲み仲間が常連用テーブルで手ぐすね引いて待っていた。

興味しんしん仲間は尋ねた。「さあ聞かせてもらおう、どうだった、パリは？　のきなみやっつけてきたんだろ、裸の女を？」

休暇帰りの男はうなずいて報告した。「一人うまくいったぜ。カフェでじいっと目を見つめたんだ。そしたら相手もすぐ、おれのテーブルに相席して、その気にさせてくれたのよ」

「ふーん、で？」

「それからいっしょに食事をしたさ」

「うんうん、それから？」

「彼女の自宅へ行っちまったね」

「それから？」

「彼女がネグリジェ姿で部屋に入ってきた。薄っぺらでスケスケのやつ——すごかったぜ、まったく」

「そうか、で？」

「いっしょにシャンパンを一本あけたな」

「それから？」

「おれがネグリジェを脱がしてやった」

「なるほど、それから？」

「あとはビーレフェルトと何も変わりゃしねえよ」


一九六〇年にはもう三百七十万のドイツ人が外国旅行をしていた。一番人気はやはりイタリアである。そういうドイツ人旅行者を茶化したドイツ製ジョークも、当然ながら出てくる。

美術趣味のある休暇旅行者がローマの街を歩いていると、ドイツ人の団体さんに出くわした。それで立ちどまり、同国人の一人に訊いてみた。「ごぞんじですか、ラオコオン・グループ〔ヴァチカン美術館にある群像〕のところまでどう行ったらいいか」

相手は答えた。「あいにくわかりません。わたしら、ネッカーマン〔引率者名〕・グループなもんで」


トスカーナで休暇を過ごしたドイツ人が、帰国後友人と落ち合った。

「やあ、どうだった」と友人が尋ねた。

「かなり落ちつけなかった」

「どうしてまた？」

「だって、おれたちはルームナンバー100なのに、ドアの1の字が落っこちてるんだもの」〔00はトイレのしるし〕

六〇年代も終りに近づくと、教会からの離脱が進み、法律もリベラルの度を増した。ホモセクシャルや不倫は罰せられず、神を冒瀆《ぼうとく》しても犯罪の構成要件とはみなされなくなったのだ。とはいえ、旧来のモラルが全滅したわけではない。たとえば――

「カトリックの司祭とはどんな人？」

「だれからも『神父さん《ファーター》』と呼ばれてかまわないが、実子からは絶対『父さん《ファーター》』と呼ばれちゃいけない人」

むかしクラスメートだったのに、おたがい出世して見わけもつかない同士が、偶然プラットホームで出会った。片方は海軍大将となり、勲章で飾りたてた制服を着ていた。もう片方は枢機卿《すうきけい》になりおおせたものの、腹が出て、妊娠九ヵ月以上かと思われるほどだった。その枢機卿が海軍大将に問いかけた。「失礼ですが、駅長さん、次のハイデルベルク行きはいつ来るか、教えていただけません？」

海軍大将が答えていった。「教えてさしあげるにやぶさかではないが、奥さん、わたしがあなたくらいだったら、家でおとなしくしてますけどね」

開放的な世相に逆行するカトリック教会は、しばしば諷刺の対象とされ、そのシンボルとしてローマ教皇（パパ）は好んでジョークにとりあげられた。

有名な「マンボ王」ペレス・プラードがヴァチカンにやって来て、教皇に謁見《えっけん》を求めた。

教皇庁の部局から部局へたらいまわしの格好となり、どこへ行っても却下された。それでもプラードはねばって、教皇の〝次の間〟まで進むことができた。ただしここで高官から言明されたのも、「やはり謁見の願いを聞き入れるわけにはいかない」とのこと。

「残念」、プラードが言った、「じつはおたくの旦那さんに、個人あての寄付を百万ドルさしあげようと思っただけなんですけどね」

この瞬間ぱっと扉が開き、教皇がステップを踏みながら入ってきた。腰をゆすりながら歌うには、「パパ・ラヴズ・マンボ……」

教皇が諸国を歴訪することになり、ついでだからイスラエルにも立ち寄って「聖地」を訪れたくなった。そこで外交ルートをつうじ、問合せをテルアヴィヴへ送った。イスラエル政府は若干ためらったすえ同意した。ただし教皇は「無名戦士の墓」に花輪をささげたいと願っており、これが政府には頭痛の種だった。

「そんなものはないんだ、と教皇に伝えたらいいでしょう」という声が閣議であがった。他の大臣グループは異議をはさみ、「ただでさえデリケートな厄介な来訪なのに、そんな細かいことで気に病まなくたっていいでしょう。どれか適当な墓を、それだと言明しちゃうんですよ」

と提案した。

すったもんだのあげく、そうしようと決まり、かくべつ壮麗な墓一基に白羽の矢が立った。教皇が到着し、念願の献花も予定どおりおこなわれる運びとなった。ただ、出迎え側が思いもよらなかったことに、教皇はヘブライ語も解し、よく読めたのである。

「あれ、無名戦士の墓じゃなかったですよ」、教皇は計画行動がすんだあと、出迎え側の儀典課長に苦情をもちこんだ。「墓石にはっきり『商人アーロン・ゴルトマンここに眠る』とあったじゃありませんか」

「おっしゃるとおりです、教皇」、儀典課長が釈明した、「でも請け合っていえますが、あの男、戦士としてはまったく無名でした」


教皇が諸国歴訪の道すがらカナダにも立ち寄り、運転手と二人きりで田舎へ遠出を敢行した。だれもいない風景をぬって、はてしない自動車道をドライブしたわけだ。

ふと教皇が運転手に話しかけた。「ちょっとわたしに運転させてくれないか。こんなところでもなければ、運転する機会など絶対ないから。あなたはしばらく後ろに坐っていればよろしい」

二人は席をとりかえっこした。運転手はバックシートで帽子を目深に引きおろすと、すぐ眠りこんだ。教皇はスピードをあげ、やがて制限速度を超えてしまった。それが見つかり、青色警告灯をつけたパトカーに追いつかれて、リムジンは停止させられた。

警官が車をのぞきこんだところ、めんくらい、運転席の教皇をまじまじと見つめた。それから急いでパトカーへもどり、上司に電話連絡した。

「どうしたもんでしょう。いまスピード違反をつかまえたんですが、相手はたいへんな人でして……」

「だれだってかまわん、罰金だ！」

「でも、えらくめんどうなことになりますよ」

「たとえ相手が運輸大臣だろうと、罰金に変りはない。どこのどいつかね」

「それが、わたしにも見当つかないんですよ。なにしろ教皇を運転手に使っているくらいだから」

地上における神の代理人（教皇）を扱うにとどまらず、もっと上をめざし、天国の門を扱ったジョークもある。そこの番人は、ごぞんじ聖ペテロだ。

フリッツ・クナイフェルが天国の門扉をノックし、入れてくれるようペテロに頼んだ。ペテロは本人の基礎資料を調べたうえ、断りの合図を示した。いわく、「入れるわけにはいきません、クナイフェルさん、あなたは人を殺害したからです」

「あれを人殺しとおっしゃるんですか。思いもよらなかったなあ。なら実情はどうだったか、お聞かせしましょう。こんなだったんですよ。――きょう昼間、だれかから会社のわたしに電話がかかって、『奥さんがいま浮気のまっ最中です、しかもあなた御自身の寝室で』と告げました。大急ぎで帰宅してみると、妻が裸で夫婦用ベッドに寝そべっているじゃありませんか。まっ昼間に変でしょう。ただ、添寝しているやつは見あたりません。ふと窓ごしに外を見やったところ、若い男が半裸でアパートから抜け出し、前庭でボロ服なんか着こんでいます。わたしはカッとなり、台所に駆けこんで冷蔵庫をひっつかむなり、そいつめがけて上から投げつけましたね。命中したのまでは見おぼえてます。ところがそのあと心筋梗塞《こうそく》が襲ってきやがって。これをしも人殺しとおっしゃるなら……」

そこまで話したとき、まただれか天国の門扉をノックする音がした。若い男が外に立ち、入れてくれと頼んでいるのだった。

「おやおや」、ペテロが言った、「あなた、まだごく若いじゃないですか。いったいどうした

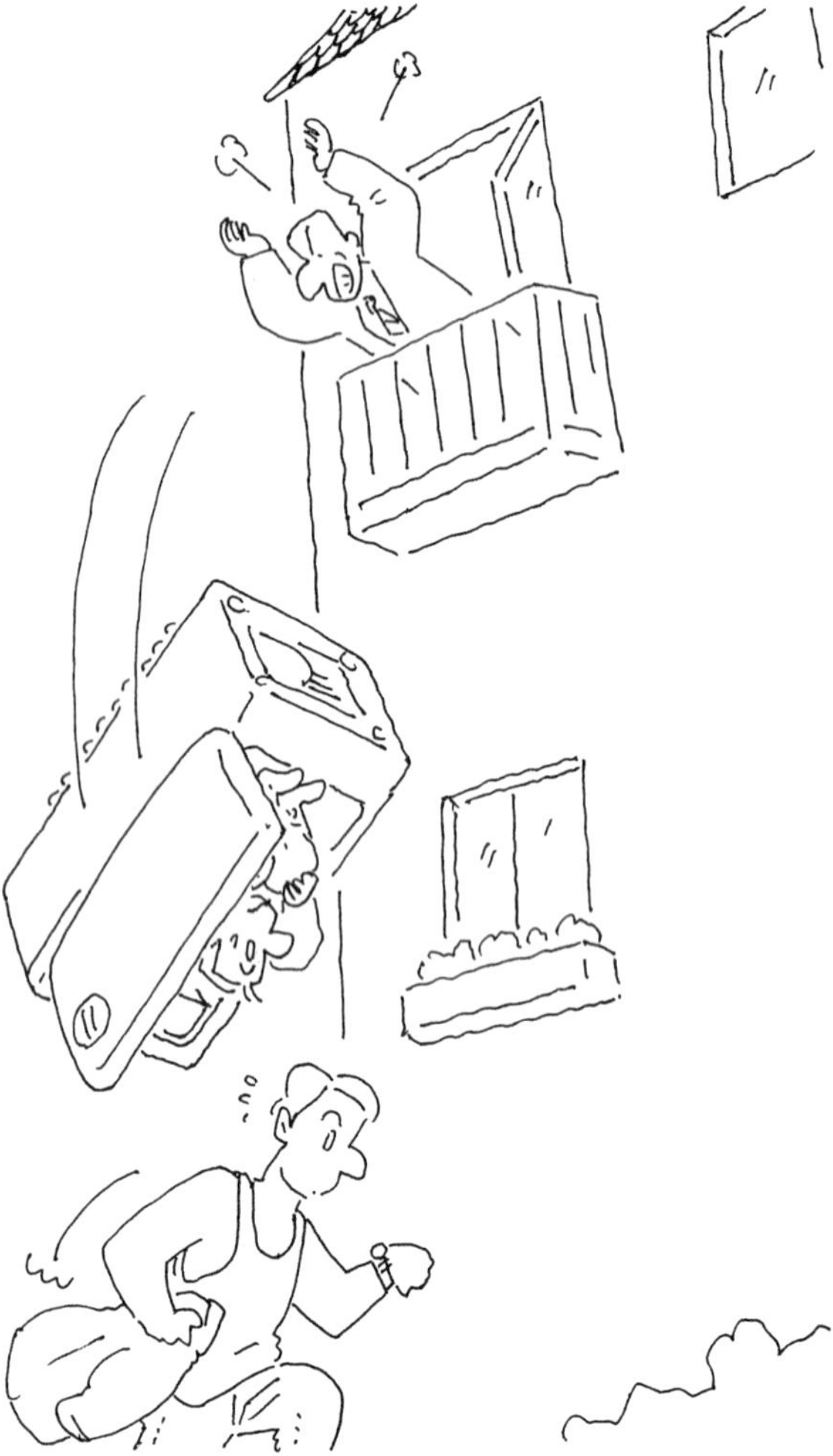

の？」

「それは、こっちも腑《ふ》に落ちないところでして」と若い男が言った。「きょうの昼休み、ちょっと昼寝をしたら寝すごしたんです。だからサッとアパートを飛び出し、前庭で服を着ていました。そのまっ最中に、だれかが上からぼくの頭に、うそじゃない、冷蔵庫を投げつけたんですよ……」

またまたノックの音がした。またまた別の男が門扉の外に立っており、天国へ入りたいむね伝えていた。

「どうしました」、ペテロが訊いた、「ここまでやって来たいきさつは？」

「わたしにもさっぱりわかりません」と男が言った。「きょう昼間、じいっと冷蔵庫にひそんでいたところ……」

六〇年代後半に入ると景気がかげりだし、失業問題・財政危機が顕在化した。不景気で内政状況が深刻なことは、鉄鋼大手ヘッシュ・コンツェルンの労働者もひしひしと感じざるをえなかったろう。

フランスの男が自慢げに言った。「おれが愛妻イヴォンヌのウエストを両手ではさむと、右手と左手の指先がくっつくんだ。べつにおれの手がばかでかいわけじゃないよ。イヴォンヌのウエストがうっとりするくらい細いからだよ」

アメリカの男が得々と話した。「愛妻ジョーンが朝方ポニーでうちの緑地を乗りまわすと、露でぬれた牧草に爪先が触れるんだ。べつにうちのポニーが小さすぎるわけじゃないよ。ジョーンの脚がすらりと長いからだよ」

ドイツの鉄鋼労働者は思案したすえ、こう述べた――「おれが毎朝仕事に出かけるさい、あいさつに愛妻ゲルトルートのヒップをバシッとたたくと、ぶるんぶるん揺れだし、仕事から帰ってくるまで止まらないんだ。べつにゲルトルートのヒップがピチピチ張りきってるわけじゃないよ。ヘッシュでは就労時間がそんなに短いからだよ」

二大政党ＣＤＵとＳＰＤが一九六六年「大連立」をとげたため、若い世代は議会政治に失望して「議会外反対派」を形成し、学生運動も高まってくる。旧体制への叛乱は一九六八年ピークに達し、社会のすみずみまで変革をもたらした。もっとも、反権威主義的な幼児教育や反体制派の議論癖、といった〝行きすぎ〟をジョークが見逃すはずはない。

幼稚園の先生が、政治学者のお嬢ちゃん（四歳）に適性テストをおこない、話しかけた。

「いま思いついた言葉をいくつか、あげてみてちょうだいな」

すると女の子は母親に問いかけた。「どう思う、ママ？　このおばさんは、きちんとスジの通った話を聞きたいのかな。それともごくさりげない、たわいない感想を聞きたいだけなのかな」


反権威主義の夫婦が戸籍役場で新生児の届出をしようとした。

「男の子さんですか、女の子さんですか」と係員が尋ねた。

父親が答えていうには、「そんなこと、いずれ本人が決めたらいいじゃないですか」


反体制派どうしが往来で出会った。

「駅へ行く道、教えてくれます？」

「あいにくわたしも知りません。ただし、ここがすごく有意義なところですが、わたしたちはそれについて語り合ったのです！」

高給の職に応募し、コンツェルンの経営者やマフィアのボスのところへ出向く——そういう人たちを扱ったジョークも当時はやった。話のつくりが珍妙なこと、オチが奇抜で、ドイツ風というよりアングロサクソン風なこと、などが共通点である。

麻薬マフィアのボスが新しいボディガードを求めていた。腕力だけでなく知力も兼ねそなえたやつがお目当てだ。三人の応募者が、あい前後して名乗りをあげた。

第一の応募者はボスからズバリ訊かれた。「あんたの今までで一番の大手柄は何かね」

「南イタリアでコーザ・ノストラ〔「おれたちのもの」を意味する犯罪組織〕のメンバー十四人を、一夜にしてバラしました。リベットをぶちこんでやったんです」

「おみごと」とボスが言った。「ところでアルファベットは何文字かな」

「二十六文字です」

「すばらしい！」ほめたものの、ボスは応募者を退出させた。「近日中に連絡するぜ」と言い添えて。

第二の応募者も、自己紹介するとさっそく訊かれた。「あんたの今までで一番の大手柄は何かね」

「先週ライバルギャング団の組員二十人をのしてやりました、火炎放射器で一気に」

「たいしたもんだ。ところでアルファベットは何文字かな」

「二十六文字です」

「いいぞ、若いの！　追って連絡する」

第三の応募者は地味めながら、りこうそうな目をしていた。一番の大手柄を訊かれると、こう答えた――「一夜で二十六店舗を焼きはらいました、だれの手も借りずに」

「すごいな。ところでアルファベットは何文字かね」

「二十四文字です」

「あいにく違うな。どうして二十四文字だと思いついたのかね」

「C&A〔衣料品チェーンストア〕はもうないからです」


こういうとっぴな話は、東ドイツではめったに生まれなかった。あいかわらず政治指導層・経済的苦境・秘密警察をあてこする、老巧・辛辣《しんらつ》なジョークが主流をなしていたのである。

エーリヒ・ホーネッカーがバルト海の浜辺に寝そべっていると、空を朱《あけ》に染めて日が昇った。

「おはよう、太陽さん」とエーリヒが呼びかけた。

「おはよう、中央委員会書記長さん」と太陽が答えた。「きょう一日、せいぜい保養になりますように、中央委員会書記長さん！」

「これはこれは御親切に、太陽さん、保養になるよう願ってくださるとは」

「どういたしまして、心から尊敬する中央委員会書記長さん」

夕方、日が沈むとき、エーリヒは目で追って呼びかけた。「どうもありがとう、太陽さん、おかげで快適な一日を過ごせました！」

「やれやれ」、太陽が答えた、「ほっといてくれないかね、あたしゃ、いま西側に来てるんだよ！」


一方は東、一方は西に住むいとこどうしがベルリンで落ち合った。別れぎわに〝西〟が言った。「そのうち手紙をくれないか。具合はどうか、暮し向きはどうか、知らせてくれよ」

「そいつはむつかしいだろう」と〝東〟が言った。「どんな手紙も検閲を受けるから」

「そんなの何でもないさ。万事ＯＫならブラックのインクで書き、問題がある場合は同じことをグリーンで書くようにしておけばいい」

何週間かたって、〝西〟は、ブラックで書いた手紙を受けとった。文面によれば、「こちらは何もかもすばらしく、国の諸事情もよくなる一方です。人々は幸せに暮らし、欲しいものは何でも買えます。パンでも、玉子でも、オレンジでも、新鮮な魚でも。ただあいにく、グリーンのインクは買えませんが」


東ベルリン在住のエルゼ・メラーが、ケルン在住の叔母ハンニに手紙を書いた。

「ハンニおばさん、準備は着々と進んでいます。去年と同じように、手榴弾《しゅりゅうだん》三個、爆薬一キロ、導火線数本を送ってください。わたしたちは用意万端ととのえています。どうかよろしく。エルゼより」

春が来て、ふたたび叔母ハンニのところに手紙が舞いこんだ。

「おばさん、準備の第一段階はぶじ完了しました。国家公安局が庭じゅう掘り返してくれたのです。もういつでも送ってくださってかまいません、チューリップの球根を……」

ラジオ・エレヴァンも引きつづき、東ドイツの皮肉屋たちのために、冴えたジョークの発信源としての役割をはたした。以下いずれも、ラジオ・エレヴァンへの質問と回答、という形をとっている。

質問：宇宙飛行士ガガーリンが〝赤の広場〟で赤い自動車を授与された、という話は本当ですか？

回答：大本のところでは本当です。ただその人は、宇宙飛行士ガガーリンではなく、同じ名前の労働者でした。それから場所も、モスクワではなくキエフでした。さらに物《ぶっ》も、自動車ではなく自転車で、これがその人から盗まれたのでした。

質問：ケネディのかわりにウルブリヒトが狙撃されたら、どうなっていたでしょう？

回答：変なこと訊きますね。でも一つだけ確かなことがあります。オナシスはその未亡人と結婚したりしなかったでしょう。

質問：社会主義がサハラに導入されると、どんなことになりますか？

回答：最初の十年間は何も起こりません。そのあとは、じわじわと砂が不足してきます。

落穂ひろい

ヴァチカン駐在ドイツ大使をだれにするか、連邦首相官房でもめたとき、ＳＰＤ議員のハイラント〔「救世主」の意になる〕も候補にあがった。聞きつけたアデナウアーは論評した。「これ以上の人は、教皇だってぜったい見つけられまい」


「いちど乱交パーティーやってみないか」

「メンバーは合計何人ぐらい見込めるかな？」

「あんたの奥さんが加わってくれれば、ぜんぶで三人だ」


ラジオ・エレヴァンにまた質問が来た。「母乳でいちばんいい点は何でしょう？」

回答者いわく、「パッケージです！」

「パッケージです！」

1970〜79年

1970 8.12 ——モスクワで独ソ条約調印

12.7 ——ワルシャワで独ポ条約調印。この折、ブラントはワルシャワ・ゲットー記念碑の前にひざまずく

1971 5.3 ——ウルブリヒトが党第一書記を退き、ホーネッカーが後任となる

1972 ——赤軍派の幹部（バーダー、マインホーフら）つぎつぎ逮捕される

9.5 ——ミュンヒェン・オリンピックのイスラエル選手団、パレスチナ人テロリストに襲われ、11名死亡

1973 9.18 ——東西ドイツ、そろって国連へ加盟

1974 5.6 ——ギヨーム（東ドイツのスパイ）事件の責任をとってブラント辞任。シュミットが後任となる（5.16）

1977 ——赤軍派テロリストによる要人の誘拐・殺害があいつぐ

赤軍派が非合法活動を展開したり、ミュンヒェン・オリンピックの期間中（一九七二年）パレスチナ人がイスラエルの選手をテロ攻撃したりと、物騒な世の中になった。首相ヴィリー・ブラントはノーベル平和賞をもらったが（一九七一年）、側近のギヨームがスパイだったと判明して三年後に失脚する。こうした政治・社会の大潮流をよそに、庶民の間では昔ながらの一見のどかなジョークが笑いを誘っていた。東フリースラント〔北海に面した辺境〕の住民は時代遅れの変人ぞろいだと、なぜかバカにして楽しむのもその一例である。

ある東フリースラント人がバイエルン州で拘束された。女性を襲った容疑をかけられたのだ。ミュンヒェンの独房で一夜あけた翌朝、面通しの手はずが整えられた。五人のミュンヒェン男性が、東フリースラント人と同じ服装でとなりに並ばせられ、当の女性と向かいあった。双方しばし見つめあっていたところ、いきなり東フリースラント人が進み出、女性を指さして言い放った。「この女でした！」

東フリースラント人がエジプトへ旅行し、汽船でナイル川を渡ろうとした。ところが船は別の船に脇腹をぶつけられ、沈没しかかる。するともうワニがうようよ泳いでくる……

東フリースラント人は声をはりあげた。「これだからいやになる、何もかもおじゃんじゃないか。でも救命ボートは、みんなラコステ製品〔ワニがトレードマーク〕だぜ！」

ハプスブルク家の末裔《まつえい》オットー・ハプスブルクは、オーストリアを追放されてから西ドイツで政治活動をしていたが、一九七九年、ＣＳＵ〔キリスト教社会同盟〕代表としてヨーロッパ議会の議員に選ばれた。

オットー・ハプスブルクは議会のロビーで記者と雑談中、こう訊かれたそうだ――「先生も晩にはサッカーをごらんになりますか」
「どこが試合やるの」とハプスブルクが訊きかえした。
「オーストリア－ハンガリーです」
「で、〔二重帝国の〕相手はどこ？」

きめこまかなサービスをめざすため、と称して公務員の数がふやされていった。

行政官庁のトップに質問が寄せられた。「あなたのところでは何人くらい職員が働いてますか？」

答えていわく、「働いてるのは半分そこそこですよ！」

失業率を抑えるため、組合は労働時間短縮の要求をエスカレートさせた。

労働組合の集会で活動家がアジった。「西暦二〇〇〇年には、水曜日だけ働けばいいようにしよう！」

異議っぽいヤジが飛んだ。「一日ぶっとおしかよ？」

見かけの好況とは裏腹に、国家財政の赤字はふえつづけた。また石油ショックのあおりを受け、一九七四年には消費者物価が七パーセント上昇した。こうした事態に直面し、〃日本の脅威〃なども視野に入れながら、警告口調の発言がめだってくる。

デュッセルドルフの小学校で先生が告げた。「みんな、きょうはドイツ詩の勉強をしよう。

いちどは国語の根っこに触れておかなくちゃいけないからね。なあに、むつかしくなんかないさ。先生が二、三行くちずさむから、きみたちは言い当てればいいんだ、作品名と作者名を。ごくやさしい問題から行くよ。『地中にしっかと牆壁《しょうへき》をめぐらし、形体《フォルム》は立つ、粘土から焼成されて……』」

生徒たちはシュンとうなだれてしまったが、ただ一人、橋本という名の小柄な日本人少年が手をあげた。「フリードリヒ・シラーの『鐘の歌』です」

「よろしい」と先生はほめた。「では第二問。『月が昇った。こがね色の星が空いちめん、明るく冴えざえ輝いている……』」

こんども手をあげたのは橋本君だけだった。「マティーアス・クラウディウスの『夕べの歌』です！」

「すばらしい」と先生が言った。「次はほかのみんなもがんばれよ。『氷から解き放たれた、大河と数かずの小川……』」

もう橋本君が手をあげていた。「ヨハン・ヴォルフガング・フォン・ゲーテの『ファウスト』第一部です！」

「くそ日本野郎！」と毒づく声が最後列にあがった。

「だれだね、いまのは？」先生が怒って問いかけた。

「シュツットガルト＝フェルバッハでソニー第一工場がオープンしたときのマックス・グルンディヒ〔ライバル電機メーカーの社長〕です」と橋本君が答えていた。


好況時にもブラックユーモアは愛好された。その例として、病院ものを一つ——


手術がすんで麻酔から醒めたころ、医長が患者を見舞にきた。「悪い知らせと良い知らせがあるんですけど、どっちを先にお伝えしましょうか」

「悪いほうを先に」と患者がびくびく言った。

「あなたの脚は、両方とも切断せざるをえませんでした」

「やれやれ……で、良い知らせというのは？」

「となりの病室に男性の患者が寝ていて、その人、あなたの靴を買い受けたいそうです」


お年寄りも、ジョークのテーマとしてつねに人気が高い。

「となりの病室に男性の患者が……」

「うちのじいちゃんは八十だけど、まだひとりで庭仕事するし、買物もするよ」

「うちのなんか八十四だけど、こないだまた、体育章の金メダルを取ったんだぜ！」

「うちのじいちゃんたら九十二になるのに、まだ女の人を見るとのこのこついてっちゃうんだ。なぜだか、本人はもうわからないらしいけど」

テロなどのなまなましい事件を扱ったジョークは、西ドイツではまず生まれない。笑いごとではないと感じてしまうせいだろう。ただしオランダから輸入された話ならある。

五人の若いモルッカ諸島出身者が列車襲撃をくわだてた。一同ミュージシャンになりすまし、銃をヴァイオリンケース、チェロケースに詰めこんだ。

いざ一味の一人がヴァイオリンケースを開けると、本物のヴァイオリンが出てきた。思わずののしって言うことに、「ちくしょう、このぶんだとおやじがいまごろ、自動小銃をかかえてオーケストラに出てやがるな」

同じテーマでも、東ドイツのラジオ・エレヴァンが扱うと次のようになる。

「自動小銃をかかえてオーケストラに……」

質問：なぜ東ドイツにはテロリストがいないんですか？
回答：十年も待たねばならないからでしょう、逃亡用の車ひとつ調達するにも。

車といえば、一九七九年アメリカで最初の電気自動車が開発された。だが――

「その電気自動車ってやつ、いくらするの」とお客が販売店で尋ねた。
「四万六千マルクです」
「そんなに高いの？」
「はい、二万が車代、プラス二万六千は延長コード代でして！」

ケルンの名物男テュンネスも、新技術自慢のアメリカ人にピシャリと一矢むくいている。

テュンネスがアメリカ人訪問客にケルンの街を案内した。地下鉄を見せたところ、アメリカ人が言った。「こんなのは、ほんのささやかな地下道であって、地下鉄ではありません。ニューヨークに行けば、真にその名にふさわしい地下鉄がありますよ」

「……延長コード代でして！」

テュンネス、こんどはケルンのライン大橋につれていった。「こんなけちくさい渡河施設など、わたしらだったら、まったく歯牙《しが》にもかけません」とアメリカ人がいばりくさった。「サンフランシスコのゴールデン・ゲート・ブリッジ、あれこそ橋です！」

帰途、二人はケルン大聖堂のかたわらを通り過ぎた。

「あれはいったい何です」とアメリカの客が尋ね、大聖堂を指さした。

テュンネスは答えた。「ああ、あの小礼拝堂？　あんなの、先週はまだなかったように思いますけどね」

アメリカでは一九七六年、ニューヨークの一学生が原爆のモデルを設計してセンセーションを巻き起こした。それをネタに、ソ連をあてこするジョークが東ドイツで生まれた。

ある発明家がクレムリンに新式武器の話をもちかけた。スーツケースにおさまるポータブル原爆だそうである。「時限信管を備えつければ、西側世界にずらっと配備でき、各国政府を恐喝できます」というふれこみだった。

けれどもクレムリンのお歴々は断わった。そんなにたくさんのスーツケースなど、とうてい入手できそうになかったからである。

東ドイツのジョークといえば、つまるところ「政治家の愚鈍」か「国民経済の危機」を衝くものと相場がきまっている。

ある男が金物屋に入っていった。

「釘ありますか」

「ありません」

「ネジありますか」

「ありません」

「せめてネジまわしくらいあるでしょうね」

「ありません」

「そいじゃ、いったい何が取柄なんです？」

「昼夜とも開いてることです」

「なんで昼夜とも開いてるんですか、売るものもないのに」

「錠前がこわれちまったからです」

金持ちのアメリカ人が「東ドイツでも自動車が組み立てられており、その納期は世界一おそい」という記事を読んだ。「よし、なら買おうじゃないか」と決心し、さっそくドル建てでトラービ〔トラバント6型の愛称〕を注文した。

東ドイツの自動車組立工たちは面くらったが、自分たちの製品に国際的な需要が出てきたのか、と誇らしくも思った。外貨獲得になることだし、もちろん即座に一台発送してやった。

車がつくとアメリカ人は大喜び。「すばらしい顧客サービスだな」と嘆声を発した。「納期は二年かかるらしいけど、すぐさまボール紙の模型を送ってくるなんて！」

ウルブリヒト議長と毛沢東主席が内政問題を語り合っていた。

「中華人民共和国内に政治上の反対派はどれくらいいますか」とウルブリヒトが尋ねた。

「千七百万人くらいでしょう」と毛沢東が答えた。

「ほほう、ならわが国と同じくらいだ」〔東ドイツの当時の全人口は約千七百万人〕

このへんで西側にもどって、しばらく動物がらみのジョークをつづけよう。


野ウサギが薬局で尋ねた。「ニンジンあります？」

薬局の主人は「ありません」と答えた。

次の日また野ウサギが来て、「きょうはニンジンあります？」

「いいや、うちにはニンジンはありません」

その次の日も野ウサギが来て、「こんどはニンジンあります？」

「だからありませんてば、うちには」

しつこい野ウサギなど即、門前払いしたいため、主人はウィンドーに断り書を出した。「きょうはニンジンありません」と。

ところが野ウサギはそれを見るなり、店に入って文句をいった。「そんなら、きのうはあったわけじゃないですか！」


死後の復活を信じる老夫婦が、次のような取決めを結んだ。どっちか先に死んだほうは、しばらくたったら現われ出て近況を報告することにしよう、というわけだ。三週間後、夫のほうが先に死んだ。それから一ヵ月たち、夫は現われ出て尋ねた。「やあエーディト、その後どんな具合かね」

「おやまあ、ヨーゼフ」、妻が言った、「これでやっと消息が聞けるのね。あんたのほうこそ具合はどう？」

「信じられないくらいさ。毎日たっぷり飲み食いできるし、緑の中で豪勢な暮しよ。女だってどっさりいるんだぜ！」

「すごいわね。いま天国にいるわけ？」

「いいや、アリゾナで〝雄の飼いウサギ〟になってるんだ」

馬が映画館の切符売場にぬっと顔を出し、「かぶりつきの特別席一枚」と頼んだ。

売子は度肝を抜かれ、「ンまあ、馬がしゃべれるなんて！」

すると馬は制止するように、「心配御無用、上映中はじっとおとなしくしてますから！」

競馬の勝負にいい餌は何か、三人の調教師がおしゃべりしていた。

第一の調教師がうけあった。「前日と当日は、カラスムギしか食わせないようにするといい。

稲妻みたいにつっ走るぜ！」

第二の調教師は疑わしげに首を振った。「そんなことしたら、うちの馬は気が立ってしまう。やっぱり混合飼料もいくらか加えてやらなくちゃ」

二人は第三の調教師の顔をのぞきこんだ。彼はためらっていたが、とうとう口を開いた。

「じつのところ、まともには何も食わせてやらないんだ」

「何も食わせてやらない？」最初の二人はいぶかしんだ。「じゃあどうするわけ？」

「ちょっと飲ませてやるのさ。朝はシャンパンを一びん水に加え、昼はウイスキーを二、三本水に加え、晩はビールを……」

二人は目をまるくした。「そんなことしちゃっていいのかなあ」

「うん」

「そのミックス飲料で、きみの馬が勝ったことあった？」

「勝ちに直結したことはない。ただスタート時で見るかぎり、うちの馬が必ずいちばん上機嫌だよ！」

ジョークは短くなければならない、という古来の掟はもう金科玉条ではない。掌編小説なみの長さをもったジョークも、ぼつぼつ現われている。


動物園で、ある男が園長に尋ねた。「ひょっとして、いつか若い象があまったりしやしませんかね」

「いいときにいらっしゃいました。ちょうど二頭あまってるところです」

「おいくらですか」

「安くしときますよ。そうね、一頭二千マルクかな」

「では一頭いただきます」

「そいじゃ、ちょっと待ってください。象の首にすぐひもをつけますから」

「え？　わたしに街を練り歩けとおっしゃるんですか。そちらで運んでくださいよ」

園長は頭《かぶり》を振った。「いいですか、そうなると専門輸送が必要になり、まず車を手配しなければなりません。その費用が、ざっと千マルクよけいにかかってしまいますよ」

男は頭で計算したうえ、了解の意を表明し、名刺を置いていった。

次の朝、若い象を乗せた車が到着した。気さくな世話係が降りてきて尋ねた。「ええと、おたくの小さな私設動物園はどこですか」

「私設動物園？　そんなものありませんよ」

「つまりその、象はどこにつれてったらいいわけで？」

「二階に窓が見えるでしょ。あすこへ入れてもらいたいんです」

「ギョ！　象を持ちあげて階段をのぼるなんて、あたしゃできませんよ。あの窓を打ち割る石工が何人か入用だし、象を持ちあげるクレーンが入用でしょう。そうなるとまた、莫大な金がかかりますけど……」

けっきょく石工とクレーン運転手に来てもらい、象はなんとか住居内におさまった。「こんどはどこにつれてったらいいでしょう」と世話係がまた尋ねた。

男は手をかざして言った。「すみっこに鉄のベッドが見えるでしょ。あすこに乗せてもらおう！」

「まあ、おたくの象だから、なんなりと御随意にすればいいわけだが……」

ようやく象がベッドの上でうずくまり、男が支払いをすませると、世話係は口に出した。

「いま言ったとおり、おたくの象だからいいんですけど、ひとつ説明していただけませんかね、なぜあんな鉄のベッドに乗っからなくちゃならないのか」

「結構ですとも」と男は応じた。「よござんすか、わたしはここで妻と暮らしてますが、義兄つまり妻の兄も同居しているのです。だから晩方、いっしょにテレビの『きょうの話題』を見るわけで、そのさい妻がたとえば『メキシコ市って、ほんとにそんな高いところにあるの』とつぶやいたりします。ふつうならここで『そうさねえ』とか言って、しばらく考えるでしょ。ところが義兄ときたら、即座に『知ってるよ、メキシコ市は海抜二千二百七十メートルだ』と答えちゃう。

それからまた見つづけていると、妻が疑問をはさみます。『ほんとにそんなたくさんの車があるの、ドイツには』なんて。これだって、しばらく考えないと答えられないはずでしょ。ところが義兄は即座に答えちゃうんです。『知ってるよ。ドイツには乗用車が三千五百万台、トラックが数百万台走っており、南アメリカとアフリカの車をぜんぶ合わせたより多いんだ』と。

それからまたしばらく見ていると、妻がいぶかしそうに訊きます。『ホンコンて、島々だけで成り立ってるの』とか。そんなこと、とっさに浮かびやしませんよね。ところが義兄は声をはりあげるんです。『知ってるよ！　ホンコンは人口約六百万、それが二百三十九の島々に住んでるんだ！』

けれども今夕、やっこさんが、義兄つまり妻の兄が帰宅し、二階にあがったら、また降りてくるでしょう。そしてこう言うでしょう――『なんてこった、ぼくのベッドに若い象が寝そべってるぞ！』

聞いたって、当座わたしは新聞から目をあげもしません。それからおもむろに言ってやるのです、『知ってるよ！』とひとことだけ」


気むずかしい人も、そうでない人も、ひとしく共感できる話ではなかろうか。次にかかげるオウムのジョーク二種にも、そんな趣がありそうだ。


ある男が、すばらしく美しい極彩色のオウムを見かけ、値段を尋ねた。

「安くはありませんよ」と売り手が言明した。「三つの言語をしゃべりますから、四十マルクちょうだいしないと」

「ちょっと高いな。じゃ、そのとなりにいる二色のオウムはいくら？」

「五千マルクです」

「え、極彩色のより高いわけ？」

「はい、そのかわり五つの言語をしゃべりますから」

「なら、あの左はしにいる、パッとしないグレーのオウムは？」

「七千マルクです」

「あんな冴えない鳥が七千マルク！　いったい何ができるんです？」

「何ができるか、じつはわたしもよく知らないんだけど、とにかく他の連中から『親分《シェフ》』と呼ばれてますので」


競売で、あるオウムに非常な高値をつける購入希望者がいた。しぶとく対抗する声が発せられるため、付け値はどんどん競りあげられた。

男は頑として譲らず、「三千五百マルク」とわめいた。「でもこれが、わたしとしちゃあ精一杯の付け値だ」とも。

対抗する声がぴたりとやみ、男は落札することができた。

オウムを受けとったとき、男はついぼやいた。「ほんとは、こんな大金をはたくつもりなどなかったのに。せめてしゃべることぐらい、できるんだろうな」

すると競売人が言った。「あなたに張りあって、ずうっと値を競りあげつづけた、あれはだれだと思ってらっしゃるんです？」

他の裕福な国々と同様、ドイツでも犯罪がふえていった。そこで銀行強盗ネタを二つ――

象が銀行を襲った。入口ドアをくぐり抜け、まっしぐらに受払窓口をめざすと、鼻を安全ガラス越しに伸ばし、紙幣を残らず吸いとったのである。それから象は悠然と銀行を立ち去った。度肝を抜かれていた現金出納係が、ようやくわれに返り、非常用ボタンを押した。警察が駆けつけたとき、象はとっくに姿をくらましていた。

「犯人はどんな姿でしたか」と警官が尋ねた。

「どんな姿って、いかにも象らしい姿でしたよ」と現金出納係が告げた。

「どんな色をしてましたか、また大きさはどれくらい？」

「そうですね、中くらいのグレーで、大きさも中くらいでした」

「特別な目印などは？」

「いま言ったとおり、中くらいのグレー、中くらいの大きさでして」

「インド象でしたか、アフリカ象でしたか」

「エエッ！　違いがあるんですか」

「もちろんです。インド象は耳が小さいし、アフリカ象は耳が大きい」

聞いて現金出納係が言うことには、「そいつは見わけられなかったな。なにしろ顔じゅう、すっぽりストッキングをかぶっていたもんで！」

銀行に賊が押し入り、声をはりあげた。「全員伏せろ、動くんじゃない！」
行員たちは命令に服した。支店長も服したが、若い女子行員を見やると、とがめずにいられなかった。「マイヤーさん、これは慰安旅行じゃないんですよ、銀行強盗なんですよ！」

お金の扱い方も、昔とはずいぶん変わってきた。プロイセン流の節約が美徳とは思われなくなり、ローンでどっさり買物をし、月々返済することがあたりまえになったのだ。もっとも、そこに問題がないわけではない。

宝くじで当てた人のところに協会から使者が来て、小切手を手渡した。いわく、「六百万マルク、ほんとにおめでとうございます。ところでこんな大金、どうなさるおつもりで？」
「ともかく借金を払います」
「すると残りは？」

「残りはしばらく待ってもらいましょう」


銀行の支店長が、ある顧客に電話をかけて告げた。「あいにく御注意もうしあげなければなりませんが、おたくさまの口座は四万三千マルク赤字となっております」

「ほんとに？」と顧客が応じた。「うちの口座の最近の動向を、あなた、追跡してみたんですか」

「その点は間違いありません」

「じゃあ、一年半まえは口座がどんな様子だったかもごぞんじ？」

支店長は証拠書類をパラパラ繰ってから言った。「六万七千マルクの黒字でした」

「ほらごらんなさい！　で、そのころ、わたしのほうからおたくに電話したりしましたか!?」


カジノ、宝くじ、トトカルチョがはやる一方、居酒屋での賭けトランプも衰えなかった。

ある男が飼犬にポーカーを教えこんだ。天分ゆたかな犬は人間の仲間に加わり、いそいそとバクチを打つようになった。

「きみんちの犬のうまさといったら、たいへんなものだね」と仲間の一人が休憩時間中、飼主に話しかけた。「とくにあのポーカーフェース、だれもかなわないな！」

「まったくだ」と飼主が応じた。「ただし一つ悪い癖があって、これはいまだに直らない。いい札《ふだ》を引いたとたん、しっぽを振っちまうのさ」


需要と供給のバランスで値段が決まるという市場経済の原則は、いつの世にも変わらない。


ある男が魚屋でニシンの値段を尋ねた。

「一尾四マルク六十ペニヒです」とおやじが答えた。

「高いじゃないか。むかいの魚屋では、三マルク四十ペニヒしかしないよ」

「なら、どうしてあっちで買わないんです？」

「もうないからさ」

そこでおやじは言った。「うちだって、もう一尾もなければ、三マルク四十ペニヒにしときますよ」

ニューリッチとそのスノビズムは、終戦直後にはなかったようなジョークを生み出した。

ある男性客が、友人のバースデープレゼントを専門店で探した。「すみませんが、思いきり奇抜なもの、ありませんかね。相手の男性は、おたくが考えつくようなものなら何でも持っているので」

「油絵はどうでしょう、フランス印象派の」

「いやいや、そんなのごまんと持ってますから、ダメです」

「では、中国のじゅうたんなどは……」

「見当ちがいしてますね。いま言ったとおり、奇抜じゃないとダメなんです！」

店主はしばらく思案したすえ、おずおず申し出た。「考えてみれば、地下室にまだあります、えらくとっぴなのが。シベリアの厠《かわや》っていうしろものですけど」

「よさそうだな、ちょっと見せてください！」

地下室で店主は、ボロボロにさびた鉄の竿《さお》を三本、棚から引っぱり出した。「これです。プレゼントとしては、たしかに並はずれてますね！」

だが客は首をひねった。「それ、どんなふうに使ったらいいんです？」

「第一の竿を雪原に打ちこむと、コートかけになります」

「なるほど。第二は？」

「第二の竿も雪原に突き立てます。これは本人がしがみつくためのもの」

「おもしろいね、わかるわかる。で、第三は？」

店主は竿をつかんで腕を伸ばし、頭のまわりでぐるぐる回しながら説明した。「こうやって狼を追っぱらうんです！」


心理療法は、アメリカでは先刻おなじみだが、ドイツでもだんだんはやりだした。自覚していないボケもふくめて、三つの事例をごらんに入れよう。


あるセラピストのところに男性患者がやって来て訴えた。なんでも、自分が犬に思えてしょうがないのだそうである。

セラピストが声をかけた。「では、まあソファに寝そべってください」

「しちゃいけないことになってます」と患者はすかさず返事していた。

テュンネスがとなりの旦那に尋ねた。「おたく、インドに行ったこと、あります？」

「ありません」と旦那が答えた。

「それじゃ、あたしの妹をごぞんじにちがいないね」

「どうしてまた？」

「妹もまだインドに行ったこと、ないんでさあ！」


ある男が電話に出た。泣きっつらで戻ってき、かみさんに報告するには、「おやじが死んだそうだ」

ほどなくしてまた電話が鳴った。男が出、こんども泣きっつらで戻ってきた。

「どうしたのよ」とかみさんが訊いた。

「兄貴からだった。兄貴のおやじも死んだそうだ」


荒れる生徒がめだってきたこと、教師が権威を保てなくなったこと、などからうかがわれるように、学校問題・教育問題はなかなか深刻で、おいそれとは片づきそうもない。

教育庁の役人が新設の総合学校を訪れ、国語の授業を参観した。一つのテーマが終わったとき、生徒のなかに割って入り、一人に問いかけた。「きみは『こわれ甕《がめ》』〔クライスト作の喜劇〕について、どんなことを知ってますか」

訊かれた生徒はびっくりし、赤くなってボソボソ言った。「ぼくじゃありません、ぜったい違います！」

役人は首をふりふり、もの問いたげに教師のほうを見た。

教師の反応はこうだった――「わたしはこの生徒をよく知ってます。彼が『ぼくじゃない』と言ったんなら、きっとそのとおりでしょう」

心中おだやかならぬ思いで役人はクラスをあとにし、校長に当の話をした。「それであなたの御意見は？」

「どうでしょう」と提案口調で、さっそく校長はポケットから財布を引き出した。「甕代として二十マルクさしあげます。これで不問に付しませんか」

役人はあきれて口もきけなかった。が、翌日しっかり文科相に『こわれ甕』問題の報告をした。

文科相は考えこんでいたが、やっとこういう結論に達した――「わたしの見るところ、こわしたのは校長だね。でなかったら、どうして金を払おうなんて言う？」


だれかさんが学校から帰ってくるなり、母親に泣きついた。「母さん、ぼくもう学校に行きたくない！　どの子もしょっちゅうぼくのことからかって、消しゴムや空きカンを頭に投げつけるんだ。先生だって、みんなして意地悪するんだよ！」

母親が励ました。「へこたれちゃダメ！　だってあんたはまだ六週間でしょ、先生になってから」


自然科学者たちにいわせると、次のジョークなどはきわめて「数学的」であるらしい。


その科学者たちは、学会があると必ず飛行機で乗りつけることになっていた。ところがある日、教授の一人が機内では見あたらなかったのに、ちゃんと学会に現われた。

「どうして飛行機にしなかったんです」と学者仲間が尋ねた。

「列車で来たんですよ」

「またなんで？」

「いいですか、わたくし近ごろ統計に凝ってましてね、はっと気づいたんです。最近はちょくちょく、爆弾をかかえたテロリストが機内にいるんだ、ということに」

学者仲間はなるほどと思った。ただいぶかしいことに、数ヵ月たつと当の教授はふたたび飛行機に乗っていた。そこでみんなして尋ねた。「統計を調べた結果、何か新しいことでもわかりましたか」

「そういうわけじゃありませんが、引きつづき調べたところ……」

「別の結論に達した、と？」

「突きとめたんです。爆弾をかかえたテロリストが二人、いちどきに乗り合わせることはまずない、と」

「で？」

「だから、わたくしが必ず爆弾をかかえることにしたんですよ」

車を運転する人は、血液中のアルコールが〇・八パーミルを超えてはならない、と連邦議会で決まった。それを機に、酒好きは一種の依存症なのか、という議論もかまびすしくなった。

ある男がバーのカウンターで「ビール三杯、麦焼酎《コルン》三杯」と頼んだ。マスターが出すと、男は片っぱしから飲みほし、また「ビール三杯」と頼んだ。

「お客さん」、マスターが言った、「ビールは一杯ずつ出したいんですがね。そうじゃないと、どうも調子が狂うんで」

客は首をふりふり返答した。「これにはわけがあってね、なつかしいからやめられないのさ」

マスターは興味をそそられ、「なつかしい話って好きです、聞かせてください！」

客が話した。「おれたちは三人組のなかよしで、いつもいっしょに飲んでいた。ところがやがて離ればなれの運命になり、一人はいまオーストラリア、もう一人はオーストリアに暮らしている。でもおたがい約束してあったんだ。飲むときはいつも、三人いっしょみたいな飲み方をしよう、って」

「いい話ですね」と感心し、マスターは引きつづきビールを三杯まとめて出すことにした。

半年後、客がこんどは「ビール二杯、コルン二杯」と頼んだ。

「お客さん」、マスターが言った、「あれはじつにいい話でしたが、きょうはまた気がかりなことをおっしゃいますね。お友だちの一人に何かあったんですか」

「いや、べつにないよ」、客は答えた、「ただ、このおれが医者からアルコールを禁じられたもんだから」

落穂ひろい

「ちょっとうかがいますが、おたくの馬、タバコすいますか」

「いいえ、どうしてまた？」

「じゃ、おたくの馬小屋が燃えてるんだ！」


「パパ、真空ってなあに？」

「うーん、頭の中にはあるんだけどな、どうしても思い出せない」


「かあちゃん、窓から外のぞいてごらんよ！」

「どうしたのよ、ぼうや」

「エルヴィンのやつ、なかなか信じてくれないんだもん、かあちゃんがやぶにらみだってこと」

1980〜89年

1980 1.13 ——環境を重視する「緑の党」結成

8月 ——自主管理労組「連帯」運動、ポーランド全土に広まる

1982 10.1 ——ドイツ社会民主党のシュミット首相が退陣し、キリスト教民主同盟のコールが新首相となる

11月 ——西ドイツの失業者、初めて200万人を超える（失業率8.4%）

1986 4.26 ——チェルノブイリ原発事故。放射能飛散により、食糧への不安高まる

1987 11月 ——ソ連のゴルバチョフ書記長、政治・経済・社会の全面的改革（ペレストロイカ）を表明

1989 9.10 ——ハンガリーが国境を開き、国内に滞在する東ドイツ難民のオーストリア脱出を支援

11.9 ——「ベルリンの壁」開放される

西ドイツの失業者が二百万人に達した一九八二年、やり手のヘルムート・シュミットにかわってヘルムート・コールが首相となった。以来シュミットは世界各地を精力的に講演してまわり、稼ぎは以前より多いほど。そうなって初めて、彼のうぬぼれを茶化すジョークも出てくる。

☆ヘルムート・シュミットが証人として出廷することになり、まず身上について尋問された。
「姓は？」

「シュミット」

「名は？」

「ヘルムート」

「出生地は？」

「ハンブルク」

「生年月日は？」

「一九一八年十二月二十三日」

「職業は？」

「今世紀最大の政治家」

裁判所書記官は筆記をためらい、もの問いたげに裁判長の顔色をうかがった。裁判長は陪席判事らを見まわし、しばらく思案したが、けっきょく大目に見ることにしてうなずき、証人尋問を続行した。

審理が終わり、ヘルムート・シュミットは腹心の政治家エーゴン・バールと法廷を出た。そしてさっそく問いかけた。「エーゴン、わたしの証言ぶりはどうだった？」

「みごとなものだったよ、ヘルムート」とバールが答えた。「言葉づかいは明瞭だし、供述内容は正確だし、態度はまぶしいくらいで。ただ……」

「なんだね？」

「自分のことを今世紀最大の政治家と言った、あれは誤解をまねきかねないかも」

するとシュミット先生、きっぱりと首を横に振り、こう応じた――「じゃあどうすればよかったんだね、エーゴン？　いやしくも、こっちは宣誓までしたんだよ！」

いっぽう新首相のヘルムート・コールは、地味ながらしたたかぶりを発揮し、長期政権を維持する。いきおい、おもしろくなく思う人たちがジョークで憂さをはらしたくなる道理だ。

ヘルムート・コールがCDU書記長のハイナー・ガイスラーに尋ねた。「きみ、小銭で三十ペニヒ持ってないかね。ちょっと友人に電話したくなったので」

ガイスラーが答えた。「六十ペニヒあげるよ。それだけあれば、友人ぜんぶにかけられるだろう」


バイロイト音楽祭にさきだって、首相じきじき予約センターに電話をかけた。「もしもし、ヘルムート・コールです。あしたのチケット、二枚お願いします」

「『トリスタンとイゾルデ』用ですね」

「いいや、〔妻〕ハンネローレとわたくし用です」

これは、一九五〇年代に東ドイツで生まれたジョークを焼き直したものだろう。党第一書記ヴァルター・ウルブリヒトの妻はロッテというが、彼女を物知らずだと笑っているのだ。


首相オットー・グローテヴォールの奥さんがロッテ・ウルブリヒトに電話した。「あのさ、ロッテ、いっしょに出かける気ない？　あたしたち、今晩『フィガロの結婚』に行くんだけど」

ロッテが応答した。「うーん、どうしようかな。その人たちにぜんぜん面識ないから」


一九八〇年の西ドイツにおけるアルコール消費量は、一人あたり年間十二・八リットルと出た。全人口六千万人強のうち百五十万人が、アルコール依存症なんだそうである。


ある男が早朝、幹線道路をジグザグ運転していた。オートバイの警官が追いつき、車をとめさせた。

「アルコール飲みましたか」と警官が訊いた。

「ほんのちょっこし！」

「でも息が酒くさいな、ぷんぷんしてますよ」

「何いってやんでえ！」

「まあいいや。ほんとならアルコールテストをしなくちゃいけないとこだけど、あいにく検査用の紙袋を忘れてきちまったから、別のテストをしましょう。わたしが車のメーカー名を挙げたら、すぐ別のメーカー名を挙げてください。おわかりかな？」

「あたぼうよ！」
「では始めます」、警官が言った、「ヤーグアル」〔ジャガーのことだが、ヤーヌアル（一月）とまぎらわしい〕
「フェーブルアル（二月）」と男は答えていた。

こんどは夜ふけのことである。幹線道路をジグザグ運転している車が二人の警官にとめられた。一人が窓からのぞきこみ、鼻をくんくんさせてドライバーに問いかけた。「どうです、アルコール飲みましたか」

「一滴も飲んでませんよ」と運転席の男が答えた。「どうして疑うんです？」

「それじゃ、まあ、この袋に息を吹きこんでください」

ドライバーは平然と吹きこんだが、警官はメーターを見てあっけにとられた。「なに、これ！　めったにお目にかかれない数値だぜ。二・一パーミルもあるじゃないか」

しかしドライバーはこう応じた――「そんなはずありませんよ。メーターがどこか狂ってるにちがいない」

「狂ってるかどうか、すぐわかるでしょう」と言って、警官は助手席の女性のほうに向きなおった。「奥さん、袋に息を吹きこんでくれませんか」

妻もやはり平然と息を吹きこんだ。するとメーターは二・三パーミルを示した。で、ことさらのようにびっくりし、「そんなバカな！　だってあたくし、今晩飲んだのはミネラルウォーター二本とコーヒー一杯だけですもの。そのメーター、狂ってるわよ」

ここで第二の警官が乗りだした。「まあいい。言い合ってるより、詰所まで来てもらって血液検査をしましょう」

だがドライバーは、もっといい手があると提案した。「そんな大げさにするまでもありませんよ。バックシートにうちのぼうずが眠ってます。これを起こして、同じように息を吹きこませりゃいいでしょ」

ぼうやが起こされ、袋に息を吹きこむと、メーターは二・〇パーミルを示した。

「なんてこった！」第一の警官はたまげて言った。「いや、おっしゃるとおり、メーターがこわれてました。申しわけございません。走行なさって結構です」

運転席の男は礼をいい、エンジンをかけてサッと飛びだした。しばらくたったところで、妻にはこう話しかけていた——「マリーア、きみの手柄はたいへんなもんだ。すばらしい思いつきだったからなあ。夕食のとき、フランツ坊のびんにウイスキーを詰めちゃおうなんて」

同じドライバーものでも、東ドイツともなれば、ぐっと趣がちがってくる。

一台のトラービがアウトバーンを走っていたところ、パトカーに追い越され、停止させられた。警官が四人降り、車に向かってきたが、なんだかにこにこしている。

「東ドイツ交通警察、陸軍曹長ヒューブナーです」と、いちばん上役らしいのが自己紹介した。

「わたしら、あなたの車を百キロ以上も追走してみたんですが、もうお知らせしてもいいでしょう。よく気をくばり、交通法規を守った運転の仕方だから、あなたを今年の『ベストドライバー』として表彰します。さ、ここにサインしてください。表彰されると賞金が八百マルク出るんですよ」

「お、すごい」、ドライバーが言った、「それだけあれば、おれもとうとう免許証がつくれるな」

「うちの人のいうことなんか本気にしないでね」、助手席の妻が言った、「すぐあんなバカばなしを始めるの、酔っぱらうといつも」

「ほらごらんよ」、うしろから子供が声をはりあげた、「ぼくがさっき言ったとおりじゃないか。盗んだ車で行ってもすぐつかまる、って」

このとき後部トランクルームのボンネットが開いた。おばあちゃんが顔を出して尋ねるには、
「どうしたの？　もう西に着いたのかい？」

あいかわらず国家と体制の問題を笑いのめして、あますところないくらいだが、次のように奔放な想像力から生まれたジョークも、なかなかのものではないか。

陸上競技の国際大会で、アメリカの大男がハンマーを八三・二三メートル投げ飛ばした。世界新記録だ！　報道陣が当人をとりかこみ、質問をあびせた。「聞かせてください、成功したのは何のおかげだと思いますか」
「所属カレッジのおかげです。そこで養成され、きたえられたわけだから。この勝利は、ぼくの大好きなカレッジにプレゼントしたいと思います」

このアメリカ選手は、ロシア人にライバルがいようとは予期してなかった。それが第三投でハンマーを八三・二六メートル投げ飛ばしたのである。また世界新記録だ！　ふたたび報道陣がとりかこみ、質問をあびせた。「こんな快挙、どうしてとげられたんだと思いますか」
「無敵のソビエト連邦を愛してますから。ハンマーを投げ飛ばしたとき、ぼくが思ってたのは

所属大学のことではなく、祖国のことだけでした。何もかも祖国のおかげですよ」

そうこうするうちに東ドイツの無名選手がサークル内に入り、ハンマーを八四メートルも投げ飛ばしていた。世界記録のぬりかえだ！　またまた報道陣が押しかけ、質問をあびせた。

「いやはや、すごい記録ですね、何のおかげだと思いますか」

「おやじのおかげです」

「お父さんがどんなふうに？」

「ごく小さいころから、おやじに言われてたんですよ。『ぼうず、だれかがおまえの手にハンマーを押しつけたら、とにかく思いっきり遠くへ投げ飛ばすんだぞ』って」


二人の人民警察官が水上警察にあこがれてしまい、ぜひとも配置換えしてもらいたくなった。そのむね上司に打ち明けると、上司は注意をうながした。「それは容易なことじゃないぞ。あすこはレベルが高いからな。まず、むつかしい採用試験にパスしないといけない」

「なあに、だいじょぶですよ」と二人は胸を張った。そうして応募し、人事委員会からテストされる運びとなったわけだが、委員長の出した質問はこうである――「百度に熱すると、水はどうなりますか」

応募者はどぎまぎ顔を見あわせ、首をふり、二人とも黙りこくった。

「うーん、ダメか」、委員長が言った、「では第二問。零度以下だと水はどうなりますか」

こんども途方にくれて黙りこくり、返答がない。

そこで人事委員会は「残念ながら東ドイツの水上警察には無理ですな」と言って、二人の応募者を去らせた。二人はすごすごと人民警察の上司のところへもどり、「ダメでした」と報告した。

「いったいどんな質問をされたんだ」と上司が訊いた。

「零度以下だと水はどうなりますか」

「ふむ。わしだって知らんぞ。あとは？」

「百度以上だと水はどうなりますか」

「百度以上？　変なこと訊きやがるな。『九十度だと水はどうなりますか』って訊かれたんなら、すらすら答えられるんだが。直角に流れ出るわけだから……」

☆東ベルリンで国際スポーツ競技会が開かれたさい、東ドイツのきれいな女の子（一四歳）が床運動で優勝した。国家評議会議長エーリヒ・ホーネッカーは、わざわざその子を呼び寄せ、頬をなでまわして言った。「よくぞわが国に貢献してくれましたね、お嬢さん。わたしの力でかなえてあげられそうな望みがあったら、なんなりと言いなさい」

「あります、議長さん」と女の子は返事した。「一日だけ〝壁〟を開けていただきたいんです」

するとホーネッカー、いたずらっぽく人さし指で脅すしぐさをし、「こら、こら、こら……あなた、わたしと二人っきりになりたいんでしょう」


ベルリンの壁は一九八九年十一月九日に開放され、ドイツじゅうが歓喜に沸きかえった。しかしやがて東西の格差があらわになり、市民どうしの反目もめだってくる。加えて西側には、統一まえから外国人が定住しており、いっそう問題をややこしくした。


二人の「オッシー〔東のやつ〕」が旧西ベルリンのスーパーマーケットで買物をし、レジの行列に並んだ。

「オレンジは申しぶんないな」と一人が相棒に言った。「だけどおまえ、トマトにさわってみたかい。ゴムみたいにぶよぶよ！　あんなの、東にはなかったぜ」

「豚肉だってひどいもんさ」と相棒が応じた。「白っぽくてパサパサ。あんなの、東だったら出まわりもしないよな」

「まったくだ！　おまけにあの、ちんちくりんでしわくちゃなリンゴ……東なら家畜の餌だぜ」

二人のうしろにはトルコ人が並んでいた。もう二十年も西ドイツで働いてきた男である。先ほどからじっとやりとりを聞いていたが、やおら厚ぼったい両手を「オッシー」一人一人の肩に載せると、まあまあのドイツ語でこう言った――「こっちから来てくださいと頼んだわけじゃないよ、あんたらに」


ケルン南郊でとなりどうしに住むトルコ人とドイツ人が、それぞれ新車を買った。ある晴れた土曜日の午前中、二人はマイカーをぴかぴかに磨きあげていた。終わるとドイツ人は、車の屋根いちめんにザーッとバケツの水をあけた。それを見たトルコ人は、道具箱からのこぎりを取り出し、排気口の先端をひき切った。

「何してんの、アドナン」、ドイツ人が問いかけた、「すこし頭がおかしくなったんじゃないか？」

「どうして」とアドナンは訊きかえした。「そっちが洗礼をほどこすなら、こっちは割礼をほどこしていいわけでしょ」

ケルンといえば一九八八年、ライン川の氾濫《はんらん》が旧市街に迫ったこともある。

シュミッツ家はパパ・ママ・ぼうやの三人家族だが、いまや小さな持ち家の屋根に坐りつくし、水かさの増す氾濫を暗澹《あんたん》たる気分で見つめていた。そのうちふと、水に浮かぶ帽子が目に入った。流れのままに泳ぐ格好と見えたのに、しばらくするとそれが向きを変え、流れにさからいいつつ戻ってきたのである。

「変だな」とパパが言った。「あれはいったい何だろう」

「きっとおじいちゃんだよ」とぼうやが答えた。「きのうの晩、ぼくに言ってたもん。『何が何でも、あしたは芝生を刈るぞ』って」

同じころデュッセルドルフでは、なかよし三人組がライン河畔を散歩していた。大水は引きかかっていたけれど、びんが岸辺に打ち寄せられてきた。一人がひろって開けると、中からそれは美しい妖精がただよい出、男たちにこう告げた——

「きっとおじいちゃんだよ」

「あたくし、千年以上このびんに閉じこめられていたんですが、みなさんのおかげでやっと解き放たれました。お礼に、お一人ひとつずつ願いをかなえてあげましょう」

ためらうまでもなく一人目が申し入れた。「アルゼンチンの大農場が欲しいな。林と牧草地がそなわり、千頭以上も牛が草を食《は》んでいるような」

妖精が青白い手をたたくと――あら不思議――男はアルゼンチンの大農場のまっただなか、母屋のテラスの揺り椅子に腰かけていた。牧草地には、毛並のいい牛が千頭あまり草を食んでいた。

「あなたは何が欲しいの」と妖精は二人目に尋ねた。

「アラビアのハーレムがいいな。ベッドはみんな黄金で、裸の女が百人はべっているような」

ふたたび妖精が青白い手をたたくと――あら不思議――男はとある宮殿内、ハーレムの黄金のベッドに寝そべっていた。かたわらでは裸の女が百人、待ちどおしげにしゃなりしゃなりしていた。

「こんどはあなたの番よ」と妖精は三人目のほうに向きなおった。「どんな望みをかなえてあげたらいい？」

男はせつなげな目で妖精を見つめ、ぼそぼそつぶやいた。「ぼくとしては、二人の友だちを取り返したいんだけどな」

シュレースヴィヒ＝ホルシュタイン州首相もつとめたCDUの大物政治家ウーヴェ・バルシェルは、一九八七年十一月十日、ジュネーヴのホテルで死んでいるのが発見された。

ある大雑誌の記者とカメラマンが、夜おそくなってから、ホテルの部屋へ侵入することに成功した。二人は、バルシェルが寝椅子《シェーズロング》に横たわったまま死んでいることを突きとめた。さっそくカメラマンがカメラをかざしたが、記者は最初の一カットを制止した。そして言うのに、

「すまないけど、死者をバスタブに寝かせたいので、手伝ってくれないか」

「なんだってまた」とカメラマンが詰問した。

「知らないんだよ、シェーズロングってどういうスペルだか」〔Chaiselongue はもともとフランス語〕

西ドイツに携帯電話が登場したのも一九八七年である。

ブロンド女がアルディ〔安売りスーパーのチェーン店〕で買物をしていると、携帯電話が鳴りだ

した。出たところボーイフレンドからで、こう言っていた——「ちょっと電話でキスを贈りたくなったのさ、ダーリン」
「まあうれしい、ダーリン」とブロンド女は応答した。「でもどうしてわかったの、あたしがアルディにいるって」

民間放送の視聴率競争はテレビを低俗化させるばっかりだ、と識者からはみなされた。

小学校低学年の男子生徒が二人、休み時間に校庭でおしゃべりしていた。片方が言うことには、「ルクセンブルク放送の『トゥッティ＝フルッティ』〔本来は刻んだ各種果物の砂糖づけ〕、見たことある？　むちゃくちゃスケベな番組だぜ。女はみんなセミヌード、おっぱい《ティッテン》まる見えでよ」
「知ってるさ」ともう片方が言った。「ただ、しゃくにさわるよな。いよいよパンティを脱がすところになると、きまってコマーシャルなんだ」

テレビ局のディレクターが質問を受けた。「なぜテレビは、二十年まえほど成果をあげなくなったんでしょう?」

「ぼくにもわからないんですよ」とディレクターは答えた。「いまだって、流しているのは当時と同じ映画ばっかりなのにね」

いろいろ弊害が指摘されても、まだ西ドイツでは年間千二百億本もの紙巻タバコが喫煙されていた。一人あたり約二千本の勘定だ(一九八八年調べ)。


特急列車の禁煙コンパートメントにいる男性が、葉巻をケースから引き抜いた。むかいの女性がキッとなり、「ここではタバコすっちゃいけないんですよ」とたしなめた。で、男性はしかたなくあきらめた。

しばらくすると女性がジャケットを脱ぎだした。好機到来というべきか、こんどは男性がカッとなり、「ここではセックスしちゃいけないんですよ」と息まいていた。

タブーがうすれ、メディアが大胆なセックス用語もどんどん使うようになったのとは裏腹に、男性ジョークのストーリーそのものは上品になってきた。露骨な猥談《わいだん》が少なくなってきたのだ。

これは、温床である昔ながらの居酒屋がさびれたことと軌を一にしている。若者はビストロ、ディスコ、カフェなどを好み、そんなところでじっくり猥談など交わしはしないからである。

元気な男やもめが陽気な女やもめと結婚したくなった。もう長いこと親しくつきあいながら、まだいっしょに寝てはいない間柄である。ある晩、行きつけの居酒屋で正式な結婚手続きを打合せしたとき、女のほうが言った。「指輪を交換する前に、お知らせしとかないといけないわ。体で愛しあうことに関係するんだけど、あたし、習慣にしていることがあるの。それは尊重してちょうだいね」

「どんなことかな、ウサコちゃん」と男がうながした。

「聞いて。夜あたしが寝室に入ったとき、髪をまんなかで分けていたら、偏頭痛がするのでキスさえかんべんしてほしい、というしるしなの。髪を左側で分けていたら、軽い愛撫は大歓迎というしるし。髪を右側で分けていたら、いくらでも好きなようにしていいわ、というしるしよ」

　男はやさしく相手を見つめ、おもむろに言った。「ありがとう、いいことを教わった。じつはこっちも、念のため言っておきたいことがあるんだ。時がたつにつれ、習慣になっちまったんだが」

「どんなこと」と女がうながした。

「聞いとくれ。朝起きると、ぼくは朝食のさい、原則として一本シャンパンを飲む。昼はビールを五本、焼酎のたぐいを十八杯飲む癖がついている。晩はウイスキーに移り、ボトル一本、時には二本も、だらしなく明けてしまう。だからベッドインするころには、すっかりわからなくなっていそうな気がするんだ、きみがどっち側に髪を分けてるかなんて」


サーカスで猛獣つかいが登場した。ワニを仕込むことに成功した、世界でたった一人の芸人というふれこみである。なるほどワニは逆立ちしたり、鼻先でボールをお手玉したり、パイプをふかしたりした。フィナーレということで、猛獣つかいがズボンの前を開り、ペニスをワニの大口に突っこむと、ワニはそおっと口を閉じた。そのまましばらくたって、猛獣つかいがワニの眉間《みけん》を引っぱたいたところ、ワニは即、ペニスを無傷で放していた。

もう割れんばかりの拍手喝采だ。猛獣つかいは身なりを整えてから呼びかけた。「自分もやってみよう、って人がいたら、わたしがこの場で現金五百マルクさしあげます」

だれも名乗りをあげない。

「まあいい、そいじゃ千マルクにしましょう」

依然しいんとしている。

「ええい、千五百マルク！」と呼びかけたとき、ようやく最後から二列目の若者が名乗りをあげた。飛入りで演技場にはいり、猛獣つかいと握手したが、それから若者は申し入れた。「始める前に、ひとつ条件を出したいんですけど」

「どんな条件？」

「あんなにバシッと引っぱたかないでくださいよ、ぼくの眉間は……」

常連のテーブルについていながら、仲間のカンにさわるようなことを言うやつがいた。だれかが話をすると、必ずこんなコメントを添えるのだ――「それだったら、もっとずっとひどいことになってもよかりそうなもんじゃないか」「そんなの、ぜんぜん目じゃないね」「それなら、おれのほうが詳しいぜ」等々。

あるとき仲間の一人が血相を変えて駆けつけ、そいつに話した。「いいか、よく聞けよ、カール。すごい話を聞かせてやるから。これなら、いくらおまえさんでも、文句のつけようがあるまい」

「何がどうしたんだい」とカールが尋ねた。

「ボウリング仲間のエルヴィンがきのう帰宅したら、よその男がかみさんと寝てたんだ。エルヴィンのやつ、すっかり度を失い、抽出しから拳銃をとりだすなり、男を撃ち、かみさんを撃ち、あげくは自分も撃っちまった。どうだ、まいったか」

「それだったら、もっとずっとひどいことになってもよかりそうなもんじゃないか」

「これよりひどい話とは、いったい何だ」

「おとついだったら、このおれが死んでたろうよ！」


高齢化社会にかんがみ、愛すべきお年寄りジョークをまとめて三つ——


年配の紳士が奥さん、友人を車に乗せてオペラハウスへ向かった。途中、紳士が友人のほうを向いて言った。「あんたと同じく、わたしもアルツハイマー病の気《け》が出ちゃったよ。ところがだ、かかりつけの医者が新薬を処方してくれてな、それを呑んで以来、もうぜんぜん問題なし」

「その医者の名前、ぜひ教えてくれないか」

「ああいいとも、ええとだな…… あのきれいな花は何といったっけ、茎が長くてプチプチとげが生えているやつは……」

「もしかして薔薇《ローゼ》のことかい？」

「それそれ」とばかり、紳士は奥さんの脇をつついて尋ねた。「ローザや、わたしを治してくれた医者は、何ていう名前だったっけな？」


老夫婦がテレビの前に坐っていた。コマーシャルが始まると妻が立ちあがった。

「台所に行くのかい」と亭主が訊いた。

「行くわよ、なんで？」

「そいじゃ、すまんが、冷蔵庫からタルトを一きれ持ってきてくれないか。タルトにアイスクリームを小さく二やま載せ、ラズベリーブランデーを一滴たらしてくれると、なおありがたいんだが。そうそう、いま言ったことをぜんぶ書いてったらいい、でないと忘れるから」

「あたしがボケたとでも言いたいの？」言い残して妻は台所に消えた。

ややあって戻ってきた妻の皿を見ると、目玉焼きが二つ載っかっていた。

亭主が問いただした。「ハムがないじゃないか」

ひじょうに高齢なおじいさんが、医者の診療を受けにきて言った。「困ってることがありましてな、先生なら助けてくださるんじゃないかと」

「気をしっかり持つことです」と医者は励ました。「どこが悪いんですか」

「おしっこが出なくなっちまったんで」

「ふむふむ、おしっこが出ない。ときにあなた、おいくつ？」

「ちょうど九十五になりました」

「九十五？　なら、もうじゅうぶん出したわけでしょ……」

落穂ひろい

ドイツ語の授業で女の先生が「デア、ディー、ダス〔男性、女性、中性を表わす指示代名詞〕を使って文をつくりなさい」と生徒に課した。

　ヘルベルト君が手をあげ、すらすら答えた。「ぼくの姉さんに子供ができました。彼女《ディー》にそれ《ダス》を仕込んだやつ《デア》はずらかりました」

ある男が明け方ちかく、幹線道路をジグザグ運転していた。二人の警官がストップさせ、問いかけた。「もしもし、アルコールが残ってやしませんか」

酔っぱらいドライバーはいまいましげに答えた。「また物もらいかよ！」


「神は死んだ。――ニーチェ」と、だれかがベルリン動物園駅の壁にスプレーで記した。

「ニーチェは死んだ。――神」と、別のだれかがその下に記した。

1990～99年

1990 8.31 ——東西ドイツ、統一条約に調印

10.3 ——ドイツ統一なる

1991 ——統一の矛盾が表面化し、東西市民の間に反感もきざしはじめる

1992 ——ネオナチ、極右派による外国人襲撃が頻発する

1993 11.1 ——マーストリヒト条約発効。ヨーロッパ共同体(EC)はヨーロッパ連合(EU)となる

1995 6.30 ——ドイツ国家として戦後初めて、ボスニア紛争に戦闘機派遣を決定

1998 10.27 ——コール首相退陣のあとを受け、ドイツ社会民主党のシュレーダーが新首相となる

1999 1.1 ——ヨーロッパ連合の単一通貨ユーロ誕生

9.1 ——首都がボンからベルリンへ移転する

二千年紀の終りにさしかかり、いやでも終末的気分が高まっているところへ、旧秩序の解体を示すグローバル化の動きが加わった。先ゆき不透明なら、未来に不安をいだくのも無理はない。次のジョークは、人間があるべき姿を失っていると自覚された一九二〇年代のものだが、九〇年代、にわかにまたアクチュアリティをおびてきた。

目抜き通りを散歩していた男が、ぱったり旧知の人物に出会い、愕然《がくぜん》たるおももちで呼びかけた。「おいおい、オルンシュタイン、いったいどうしたの？　以前は太っていたのに、こんなにやせちゃって！　背だってこんなに低くなっちゃって！　そのくせ、はげ頭だったのに、ちゃんと髪がはえてるとは……」

相手の人物が返答した。「わたくし、オルンシュタインという名前じゃありませんよ」

「え？　オルンシュタインという名前もやめちゃったの？」

先にもふれたとおり、せっかく東西ドイツが統一したのに、市民レベルでは両者の間に失望感や反感が生じたりした。「オッシー〔東のやつ〕」「ヴェッシー〔西のやつ〕」は、さげすみのこもった呼称である。

ケムニッツ〔東ドイツ時代の市名はカール＝マルクス＝シュタット〕出身の十九歳の青年が連邦国防軍に入り、部隊ごとボスニアへ向かった。宿営先から実家に出した手紙は次のとおり――「ここでの暮しは、じつにおもしろいと言いたいくらいです。食事もすばらしい。オッシー六人、ヴェッシー四人と同室ですが、おたがい仲よくやってます……」

さっそく母親から返事が来た。「おまえが元気なこと、みんながちゃんと食べられることを知り、安心しました。それに立派じゃないの、もう四人も捕虜にしたとは……」

東ドイツが消滅したあとも、SEDやソビエト支配体制をおちょくるジョークはつくられた。散発的ながら、いまさらのように。

SEDの後継者募集広告が出た。いわく――

- 勧誘により新党員を一人獲得した人は、三ヵ月間党費免除とされます。
- 新党員を三人獲得した人は、脱退して結構です。
- 新党員を五人獲得した人は、こんりんざい党員でなかったという証明書がもらえます。

『プラウダ』の通信員がシベリア北東端のチュクチ半島を訪れ、すごく年とったチュクチ族のじいさんに出会った。

「こんにちは」とジャーナリストは声をかけた。「『プラウダ』から来ました。わたくし、チュクチ族の暮しについてルポを書いてます。まず教えてくれますか、おいくつだか」

「九十二じゃ」

「すると、革命まえの時代も体験してらっしゃるわけだ。帝政時代はどんな具合だったか、読者に知らせてやってくれませんかね」

「感じることといえば二つしかなかったのう。ひもじさと寒さじゃ」

「ズバリおっしゃいましたね、うーん、目に浮かぶようだ！　では、同じくみごとなイメージで、いまの暮しも言いあらわしていただきましょうか」

「いまか」、じいさんは考え考え答えた。「感じることが三つあるのう。ひもじさと寒さと、やれやれよかったという感謝の念じゃ」


ところで、すでにお気づきのとおり、ドイツでは「おつむの弱いブロンド女」というのが一種のキャラクターになっており、ちょくちょくとりあげられては、ひととき笑いをもたらしている。

ブロンド女がマリョルカ島行きの飛行機でファーストクラスの席に坐った。客室乗務員が本人の予約席まで案内しようとしたが、いうことを聞かない。チーフが乗りだし、断固たる態度で注意した。「お客さんの搭乗券はエコノミークラスなんですから、そこに坐っていただかないと困ります」

でもブロンド女はいやいやいやいやをするばかり。「この席が気にいったの、動きたくないわ」と言い張っている。

とうとうパイロットに連絡が行った。やって来た彼は、かんでふくめるように言い聞かせた。するとブロンド女がパッと立ちあがり、バッグをつかんで、おとなしく後方の席に移ったのである。

チーフをはじめ、客室乗務員は興味しんしん尋ねた。「どうしてうまくいったんですか、何か約束でもしてやったとか？」

パイロットは答えた。「約束なんかしやしませんよ。ただこう言ってやったんです。前方の五列はマリョルカ島に着陸しませんよ、って」

「前方の五列はマリョルカ島に着陸しませんよ」

SPDの両雄、オスカル・ラフォンテーヌとゲールハルト・シュレーダーはそれぞれ数回離婚していた。そこで党議もどきのジョークを一つ――

ラフォンテーヌとシュレーダーは、今後いっしょに飛びまわってはならない。万一飛行機が墜落したら、一気に七人ものやもめの面倒を見なければならなくなるからだ。

技術の急速な進歩は、庶民にとって（とくに年配の人にとって）とまどうばかりである。ただし世の中あげてのコンピューター化は、思わぬ笑いをもたらさないともかぎらない。

「精神《ガイスト》は燃えるがごとくでも、肉体《フライシュ》は弱いものだ」という文〔マタイ伝26・41〕をコンピューターで英語訳させてみた。

出てきた文はこうだった――「ウイスキーは上々だが、ステーキはお勧めできない」

ある男が昼休み時間中、スーパーマーケットに駆けこんで言った。「大至急トマトを四個買いたいんだ！」

レジの女が応じた。「すみませんが、商品はまず新しいコンピューターシステムで記録することになっております」

「チェ、しょうがねえな。じゃあ、すぐやってくれ！」

レジの女がいくつかボタンを押すと、コンピューターがガタガタ、ピーピー鳴り、「ラタタ・ラタタ」と言いだした。それから紙が出てきたのを見ると、「六マルク七十ペニヒ」とあった。

「トマト四個で？　そんなバカな！」と客はなじった。

「コンピューターは信用しないわけにいかないんです。けど、もう一度やってみましょう」とレジの女は言った。そして再度いくつかボタンを押すと、コンピューターがガタガタ、ピーピー鳴り、「ラタタ・ラタタ」と言いだした。紙が出てきたのを見ると、レジの女は断言した。「変更するわけにいきませんね。こんども六マルク七十ペニヒとありますから」

客は怒りだした。「ひまは全然ないんだが、我慢ならねえ、店長を呼べ。トマト四個で六マルク七十ペニヒだなんて、そんな話があるものか」

店長が駆けつけ、汗をふきふき釈明した。「何もかも、新しいコンピューターまかせになってますんで！」それからいくつかボタンを押すと、コンピューターがガタガタ、ピーピー鳴り、

「ラタタ・ラタタ」と言って紙きれをほき出した。

「六マルク七十ペニヒで間違いありません」と店長は言った。聞くなり客はトマトを台に投げ出し、大声をはりあげた。「まっぴらごめんだ！　そんなトマト、おまえさんのケツにでも突っこみやがれ！」

「そうはいきません」と店長は制止の手つきで応答した。

「どうしてそうはいかないんだよ」

「七マルク九十ペニヒのキュウリが一本、すでに詰まってますから」


　ドイツ人は大きく二手にわかれ、別々の世界で暮らしはじめたようだ。一方はインターネットやマルチメディアなど、コンピューターを活用する世界、もう一方はテレビや新聞など、旧知の気ばらしに安んじる世界である。昔ながらののどかなジョークは、まだ後者も健在なことを示している。

アフリカの原生林をゆく探検隊が竜巻に襲われた。何人か倒木の下敷きとなり、うち三人は重傷を負ったので、入院加療が必要になった。

「それにしてもどこで」と探検隊随行医は首をひねった。「ここからたどりつける範囲には、ヨーンゾン博士の原生林病院しかないぞ。博士の評判は、ちょっとかんばしくないんだがな。でもほかにないし……」

一行は一日かけて病院にたどりつき、ヨーンゾン博士が負傷者の診断に入った。

「なあに、すぐ縫合してあげますよ」と博士は負傷者を安心させた。「何もかもダメみたいに見えるけど、どうってことありません。右の耳がなくなってるが、あなたさえよければ、ライオンの耳を付けましょう。だいじょうぶ、まともなサイズに刈り整えてあげるから。ただ、しばらく入院してもらうことになりますがね」

第一の負傷者はもちろん同意した。

第二の負傷者を見ると、博士は血相を変え、ふがふが言った。「こいつはたまげた、ひどい目にあいましたな！　でもよくよく見れば、まだぜんぶ残ってるぞ。これとこれは修復できるし、あれは縫合できる……　ただ、左目はなくなってますな。そうなると、虎の目玉をはめるくらいがせいぜいのところでしょう。うまくいかないとはかぎらず、本人もそのうち慣れてくるはずですが」

第二の負傷者も同意した。

「ヤヤヤ！」第三の負傷者を見ると、博士は声をはりあげた。「下半身が吹きちぎられてるじゃないの！」それでも博士は器用な手つきで、バラバラの各部をきちんと並べたうえ、こう告げた――「これとこれは元どおり埋めこみます。あすこは人工的に何かを橋渡しします。ちょっと見にこそぶざまでも、慣れればたいして気にならないでしょう。ただ、ひじょうに大事なところがなくなっており、これぱっかりはおいそれと代替がききません。わたしとしちゃあ、子象の鼻を縫合するくらいが精一杯ですな……」

「そうしていただくほかないでしょう」と、第三の負傷者はしかたなく同意した。

手術がすみ、ヨーンゾン博士は負傷者たちに、再来して治療効果を報告するよう義務づけた。「まだまだいろんな事例を集めなくてはいけませんから」という説明だった。

一年ほどたって、三人はふたたび病院に出向いた。

「さて、ライオンの耳はどんな具合でしたかな」と博士が尋ねた。

「じつにいいあんばいですよ、先生」と一人目が顔を輝かせた。「もちろんまわりの者は、最初この姿に慣れねばならなかったわけですが。短期間で耳をカムフラージュするなんて、できない相談だから。でも帽子をかぶると、ぜんぜん目立たなくなるんです。それより、ものがよく聞こえることといったら、まったく信じられないくらいで！」

「それはよかった」と喜び、博士は二人目に向きなおった。「どうです、虎の目玉に満足してますか」

「すばらしいかぎりですよ、先生。わたしだって、もちろん最初は慣れなければならなかった。ちょっとデカすぎる気がしたんですが、いまじゃ見えること見えること。なにしろ百メートル離れても、木にとまっているハエが見わけられるんですから」

「それを聞いてわたしもうれしい」と博士は言明した。「で、子象の鼻を股間に付けたあなたのほうは？」

三人目はどっちつかずに首をぶらぶら揺すってから、ようやく返事した。「そうねえ、まあまあってところでしょうか」

「まあまあじゃなく、はっきりおっしゃったらどうですか！」

「ではそうしましょう。わたしもすこぶるうまくいってます。ひょっとしたら、以前より具合いいぐらいかもしれないな。その点は文句ないんです」

ここで困ったように間を置いたが、やっとの思いで言葉を継いだ。「ただ、こういうことがありましてね。朝方家族と朝食の席についていると、やつがときどきニュッと伸びて、テーブルの角砂糖をくわえちまうんです」

モイシェは近ごろ、家にいてもおもしろくない。ガールフレンドがいることを、かみさんにかぎつけられたからだ。

一応かみさんをなだめようと、こんなふうに説明してみた――「深刻にとるまでもないだろう。これくらいは、最近じゃステータスシンボルみたいなものなんだから。いいかい、うちの社長にもガールフレンドはいるし、市長にもいる、仲間のレーヴィにだっているんだよ！」

しかし、かみさんは収まらず、何週間も夫婦仲がぎくしゃくしていた。それでもある晩、つれだってバレエを見にいった。群舞が始まると、モイシェはかみさんに話しかけた。「左はしの長いブロンド、見えるだろう。あれが社長のお友だちだ。すぐとなりのブルネット、あれはレーヴィのお友だち。右から三番目、あの明るい髪がカールしている女、あれは市長のお友だちだよ」

かみさんは次を待ち受けるかっこうで、うながすようにモイシェの顔を見た。

「その右側の小柄な黒髪の女、あれがぼくの友だちってわけ」

かみさんはしばらくバレリーナたちをじっと見比べていたが、やおら得意げに断言した。

「うちのが一番のべっぴんさんね！」

反ウーマンリブ的だと、フェミニズムの闘士から槍玉にあげられかねないジョークである。なら、こんなのはどうだろう――


ある夫婦が銀婚式を祝った。とびきりの食事をしに出かけ、帰宅してベッドに横になると、つくづく満足をおぼえた。

「じつにすばらしい一日だったな」と夫がうけあった。「まだ何か望みがあるなら、喜んでかなえてあげるよ」

「どんな望みでもいいの？　怒ったりしない？」と妻が訊いた。

「怒りゃしないさ。どんな望み？」

「きょうで結婚二十五周年になるわけだけど、あなた最初の日から、ナイトテーブルのいちばん上の抽出しに鍵かけっぱなしよね。あたし、知りたくてたまらないな、何が入ってるのか」

夫はちょっとためらったが、抽出しを鍵で開けて見せた。中には玉子が四個、紙幣が三千マルク入っていた。

「玉子が四個」、妻はいぶかしんだ、「なんでそんなものが、あなたのナイトテーブルになくちゃいけないの？」

「じつはこういうわけなんだ。結婚して歳月がたつうちに、ぼくは何度か浮気をした。そのつど玉子を一個、この抽出しに入れてきた、と」

「エエッ、四回も浮気したの」、妻はいきり立った、「じゃあ言ってちょうだい、だれとい
つ……」

じっくり話し合うと、妻も落ちつきをとりもどし、こう述べていた――「まあいいわ、二十五年間で四回なら、そう深刻にとらないでおきましょう。ところでこのお金は？　どうして三千マルクも入ってるの？」

「じつはこういうわけなんだ。抽出しがいっぱいになるたんび、玉子を売りさばいて現金にした、と」


女性たちも黙ってはいない。男性のポテンツをおちょくるジョークなどで反撃した。

新婚初夜が明けて新妻は言った。「じゃ、コーヒーわかしてちょうだい。なによ、それもできないっていうの？」

「休暇はどうでした」と、となりの奥さんが問いかけた。

「すごくよかったわ。ただ、持っていったものが、まったくのはずれだったわね」

「なに持っていらしたの？」

「亭主と子供たちよ！」


赤頭巾ちゃんが森で悪い狼に襲われた。

「命乞いなんかしません」と赤頭巾ちゃんは言った。「ただ、あたしとしては、まだあれを体験しないうちに死にたくないの。うわさでは、あなた、すごいんですってね」

　これで狼はひもじさも忘れ、赤頭巾ちゃんの望むとおりにしてやった。

「すぐもう一回」と赤頭巾ちゃんがせがんだ。

「あと一回でいいから」と赤頭巾ちゃんがせっつき、へとへとの狼を第三ラウンドにうながした。

　そのあと狼はすっかりまいり、よろよろしたあげくぶっ倒れ、死んでしまった。

　赤頭巾ちゃんは身なりを整え、かごを手に取って歩きだした。しばらくすると、むこうから森番がやって来た。「赤頭巾ちゃん、赤頭巾ちゃん」、森番は指を突き立ててたしなめた、「さっきの狼で、今週はもう四匹目だよ！」

あるセックス調査で、アメリカ女性千人がこんな質問を受けた――「あなた自身は、クリントン大統領とエロチックな関係を持ちたいと思いますか？」
八十二パーセントの回答はこうだった――「二度と持ちたくありません！」

ここらへんで、昔なつかしいくらいの動物ジョークを二つ――

二匹の女ねずみ《マウス》がぱったり出会った。片方は新しいボーイフレンドについて、どれほどすてきな青年か、とうとうと弁じたてた。「ちょっと写真、見てみたくない？」と訊くなり、もうバッグから取り出していた。
相手は写真を見つめて言った。「なによ、ただのこうもり《フレーダーマウス》じゃないの」
「まあ、なんてことを！　かれ、話してくれたんだから、パイロットですって！」

ムカデがぼやいて言った。「ほんとなら、ぼくだって一度くらいスキーをやってみたいさ。

だけどスキー板を残らずはめ終えたころには、とっくに冬が過ぎてるんだ」

アメリカの火星探査機が飛ぶような時代になっても、宗教界では昔ながらの教義論争が問題となるらしい。カトリック教会に批判的な神学者オイゲン・ドレーヴァーマンは、一九九〇年パーダーボルン大学の教職を追われた。

マイスナー枢機卿《すうきけい》が床屋で散髪していた。理髪師は枢機卿と話しながら、あいの手に必ず「はいドレーヴァーマンさん」「そうですともドレーヴァーマンさん」と言った。枢機卿はむしゃくしゃしてきて問いただした。「いったいどういうわけで、あんたはさっきからずっと『ドレーヴァーマンさん』て呼びかけるんだい？　わたしがだれだか知ってるだろうに」
「もちろんですよ」、理髪師が答えた、「でもドレーヴァーマンの名をあげるたんびに、旦那さんの髪がワッとさかだつもんで……」

人種的偏見にもとづいてネオナチが外国人を襲撃したり、世の閉塞状況に不満な声を代弁して極右政党が進出したりと、不穏な動きが九〇年代にははめだってきた。

トルコ人のアフメト君は、ケルン市ニッペス地区の小学校で一番の優等生である。担任教師がいつも評点欄にこう記してきたほどだ――「アフメト君、きみがドイツ人でありさえしたら、すべてのドイツ人生徒がきみを手本にできたろうにね。ドイツ語を使いこなすことにかけて、きみほど巧みな子はいないんだよ！」

またまたアフメト君がクラス一の作文を書いたとき、教師は言った。「もう先生は、同じことばっかり書くのに飽きた。だから先生にとって、きみはきょうからドイツ人ということにしよう。名前もアフメトじゃなく、アルフレートということにしよう」

帰宅すると、アフメト君は父親に報告した。「父さん、先生がこう言ってたよ。ぼくはきょうからドイツ人、名前もアフメトじゃなくアルフレートだって」

聞くなり父親は往復びんたをくらわせた。アフメト君はべそをかいて歩道の縁石にしゃがみこんだ。

近所のトルコ人の子供たちがやって来て尋ねた。「どうしたんだよ、アフメト？」

アフメト君は答えた。「くそ、ドイツ人になってから三時間しかたってないのに、もうトルコ人とけんかだもんな！」

「病気のさいの賃金支払い継続」は、労働組合から大きな成果と称揚されてきたが、見直しを迫られることになった。悪用されるケースが多すぎるからだそうである。

イエス・キリストが地上に舞いもどり、とある列車のコンパートメントで腰かけた。そこには三人の男が坐っていたが、みなびっくりし、まじまじとイエスを見つめた。

やっとのことで一人が口を切った。「あなた、ほんとに……」

イエスはうなずいた。

「では今でも、当時みたいな奇跡をおこなうことができるんですか」

ふたたびイエスはうなずいた。

「じつはわたくし、年来きりきりする頭痛に悩まされています。だれにも原因がわからず、手のほどこしようがないのです」

イエスは病者の頭に片手を載せ、なにごとかつぶやいた。するともう頭痛が跡形もなく消えていた。

ここで二人目が名乗り出た。「わたくし、左脚が麻痺しておりまして。こいつもやっていただけましょうか……」

イエスはその脚に片手を載せ、なにごとかつぶやいた。もう脚はぴんぴんしていた。

イエス、こんどは自分から三人目のほうに向きなおり、思いやり深く見つめた。ところが相手はたじろぎ、クッションにかがみこまんばかり。そしてこう呼ばわったのだ――「さわらないでください、わたしには！　病気欠勤の届けを出してから、まだ二週間しかたってないもんで！」


インポテンツ治療薬「バイアグラ」が市場に出まわったのは一九九八年である。六十歳以上の男性は服用しないよう警告されたが、もちろん守られるはずはなく、何人かが心臓麻痺で命を落とした。ともあれ、これを機にポテンツがらみのジョークも息を吹きかえした。


長らく会ってなかった旧友二人が落ち合い、再会をたっぷり祝うことに決めた。

「まず、カキをたらふく食いにいこうじゃないか」と片方が提案した。

「うーん、どうしようかな」と相手はためらった。

「カキに文句でもあるのか」

「いや全然。ただ、精がつくっていう効果のほどは、怪しいと思うんだ。三週間まえニューヨークでカキを十二個食ったけど、効いたのは六個だけだったぜ！」

若年層が老年層を経済上ささえきれない、いわゆる「年金問題」はドイツでも深刻化している。こうした事態にかんがみ、おなじみのお年寄りネタをまた――

金婚式を祝うことになり、老夫婦が友だちを何人か招待した。そのうちの一人が気づいたのだが、ホスト役の亭主は妻に呼びかけるさい、必ず愛称語にしている。こんなぐあいだ――「おまえさん《リーブリング》、角砂糖を一つ入れてくれないか」「奥方《シャッツ》、そなたも気にいったかな」「わが天使《マイン・エンゲル》、あのパンを取ってくだされ」「いとしのきみ《マイン・ヘルツブラット》、すばらしい晩よなあ」

おひらきとなって帰りぎわ、その友人が亭主に言った。「いやはや、じつにたいしたもんだ、きみが奥さんに話しかける言葉づかいといったら！　結婚して五十年もたつのに、〝第二の春〟そのものじゃないか」

亭主は一瞬ためらいのそぶりを見せたが、しみじみ明かした。「うーん、あのなあ、そういうわけじゃ全然ないんだ。すっかり忘れちまっただけなのさ、本名は何ていったか……」

テニスがらみのジョークはほとんどないが、ゴルフがらみならいっぱいある。ゴルフはアングロサクソン諸国（とくにアメリカ）で、こけおどしやスノビズムと連想されるせいだろうか。

外科主任が手術室に入ると、患者はもう手術台に寝かされていた。「この人はどこが悪いの」と主任が訊いた。

「ゴルフボールを呑みこんだんです」と医局員が説明した。

主任は壁ぎわに別の男が立っているのに気づいた。「で、あの人はどうしたいわけ？」

「ゴルフボールを返してもらおうとしてるんです」

イエスがモーセとゴルフをした。七番ホールにさしかかり、ボールをグリーンへ落とすには、まず湖水を克服する必要が出てきた。イエスは距離を測った。

「ぼくならこの一打に七番アイアンは使わないな」とモーセがアドバイスした。

イエスは言いかえした。「長らく世界ランキング一位だった、あのジャック・ニクフスもやはり、ここから七番アイアンで打ったじゃないか」

イエスは七番アイアンを取り出し、当てるには当てたが、ボールは湖水に落ちてしまった。

そこでモーセに頼んだ。「もう一度やらせてくれないか」

「いいとも」とモーセは言った。「でもぼくだったら、ほんとの話、七番アイアンは使わないけどな」

「ジャック・ニクラスだって七番アイアンを選んだんだよ！」イエスは頑として譲らず、二個目も湖水へ打ちこむ結果となった。

それからイエスは水面をわたり歩き、二個のボールを集めにかかった。ほかのゴルファーたちがその姿に目をとめ、一人がモーセに呼びかけた。「あの人、イエス・キリストのつもりなんでしょうか」

「そんな生やさしいものじゃありません」、モーセは答えた、「ジャック・ニクラスのつもりなんですよ」


エルサレムにゴルフマニアのラビがいた。むちゃくちゃ好きなので、住む家もゴルフ場のすぐとなりにしていた。暴風雨が三週間つづき、ゴルフどころではなかったが、明けてようやく日が照り、芝生から湯気が立ちのぼって、いちめん緑に輝きだした。「このぶんなら、十二時にはプレーできるにちがいない」とラビは思った。ところがハッと気がついたことに、「きょうは安息日〔土曜日〕じゃないか。ゴルフなど、めっそうもない！」ラビはうらめしげに芝生を眺めた。もちろんエルサレムじゅう、ひっそり閑としている。でも一時になると、もうじっとしていられなかった。クラブを持ち出し、プレーしはじめたのである。

天上はてんやわんやの大騒ぎ。みんなして主なる神のところへ駆けつけ、口ぐちに言いたてた。「正義なる神よ、ごらんになりましたか。あのラビめ、安息日だというのにゴルフをしとりますぞ！」

「知っておる」と主なる神は答えた。

地上ではラビが、すでに三番ホールへ向かっている。天上ではいきりたった見物が、主なる神に問いかけた。「やつめ、のうのうとプレーしつづけておりますぞ。どうなさいます？　罰しないのでございますか」

「むろん罰せずにおくまい」と主なる神は答えた。

そうこうするうちにラビは七番ホールにさしかかっていた。当ゴルフ場で一番の難関、少なくとも五打は要するホールである。まずラビはティーショットを試みた。するとボールが突風に巻きこまれ、優雅なカーブを描いて着地し、そのままころころホールに入ってしまった。ホールインワンだ。

天上ではみな一様に困惑し、不平を鳴らした。「あんなショットをお恵みになるとは！　罰せずにおくまい、とおっしゃったじゃありませんか」
　すると主なる神は答えた。「これが罰にあらずして何であろう。やつめ、自慢話をしようにも金輪際できまいが」

　サッカーのワールドカップ・イタリア大会（一九九〇年）で、ドイツはめでたく優勝した。一九九七年にはボルシア・ドルトムントがチャンピオンズリーグを制し、ヨーロッパ最強のクラブチームとなった。

熱心なサポーターに報いるため、ドルトムントのチームはくじ引きで一人、マリョルカ島への旅をプレゼントすることにした。当選者の入場券ナンバーが司会者によって読みあげられた。名乗り出たのはグラマーなブロンド女性で、サポーターのしるし、黒地に黄色のスカーフを巻きつけていた。場内がどっと沸き立った。
「ただし、ちょっと質問にも答えていただかなくてはなりません」と司会者が言い、当選者を呼び寄せた。「べつに難しいもんじゃありませんから」と安心させておき、「ではお答えください、マリョルカはどこにありますか。さあどの海でしたっけね?」

女性はかいもく見当がつかなかった。

「惜しいなあ」、司会者が言った、「ほんとは知っといてもらわないといけないんですが……」

このときスタンドのサポーターたちがいっせいに声をはりあげた。「もいちどチャンスをくれてやれ!」

「いいでしょう。そいじゃお答えください、スペインの通貨は何といいますか。Pで始まるんですよね」

女性はこれも知らなかった。

サポーターたちがまた声をはりあげた。「もいちどチャンスをくれてやれ!」

「はいはい、わかりました。では訊きますよ、三かける三はいくつ?」

女性はしばらく思案したすえ、「九」と答えた。

司会者は「正解」と言おうとしたが、その前にもうサポーターたちが声をはりあげていた。

「もいちどチャンスをくれてやれ!」


⚽クラブチームの会長が試合後、主審に話しかけた。「いや、すばらしいゲームだった。惜しいなあ、あなたが見てなかったとは！」

離婚訴訟の締めくくりに判事が言い渡した。「これにて離婚が成立しました。子供は母親が引きとるものとします」

するとと当の坊やがワッと泣きだし、わめいて言った。「母さんのとこには行きたくないよ！」

「どういうわけでお母さんのところに行きたくないの」と判事が尋ねた。

「しょっちゅうぶつんだもん！」

裁判所は審議しなおし、「子供は父親が引きとるものとします」と言い渡した。

またまた坊やが泣きわめいた。「父さんのとこにも行きたくないよ！」

「じゃ、なんでお父さんのところに行きたくないの」

「やっぱり、しょっちゅうぶつんだもん！」

判事はやさしく訊いてみた。「すると坊や、どこに行きたいわけ？」

「いちばんに行きたいのはＦＣケルン〔クラブチーム〕だよ！　あすこなら絶対ぶたない〔シュートしない〕もん！」

ケルンといえばお笑いコンビ、テュンネスとシェールだが、少女キャラクター「エルナちゃん」の魅力も捨てがたい。

女の先生がエルナちゃんに手紙を託した。母親あてにこんな苦情がしたためてあった――「プーマイヤーさま、エルナちゃんはときどき、ひどくにおうことがあります。ですからきちんとエルナちゃんの体を洗ってあげるよう、お願いします」

さっそく母親が返事を書いた――「先生さま、うちのエルナは薔薇ではありません。あの子のにおいをかぐんじゃなく、あの子に何か教えるのが、あなたの役目じゃございませんか！」

それではお待ちかね、テュンネスとシェールにしばらく登場ねがおう。

テュンネスが尋ねた。「ピッターのやつ、いったい何してやがんだろ。ひさしく姿を見かけないが」

シェールが答えた。「ピッター？　あいつならまじめに働いてるさ」

テュンネスいわく、「あの野郎、金のためなら何でもしやがって！」

テュンネスとシェールがライン川の岸に腰かけ、釣りをしていた。

シェールが言った。「いけねえ、眼鏡がモーゼル川に落っこっちまった！」

テュンネスが笑った。「ばか、モーゼルじゃないよ、ラインだよ！」

シェールいわく、「これでやっとわかったろう。眼鏡がないと、おれがどれほど目がきかないか」


さんざはしごをしたあとで、テュンネスとシェールはにわかに尿意をおぼえ、とある物置の暗い壁にむかって突っ立った。

テュンネスが言った。「どういうわけかな、シェール。おれの小便はジャージャー音がするのに、おまえのはシトシトとしか聞こえないが」

シェールが答えた。「あったりまえよ、テュン公。おまえはトタン板にしてるけど、おれのほうはおまえのオーバーにしてんだから！」


シェールが訊いた。「テュン公、おまえどこに行きたい、旅行するとしたら」

テュンネスが答えた。「サハラに行こうかな」

「サハラ？　危なくないのか」

「何が危ないってんだ」

「たとえばだ、昼めしを食ったあと、ちょっとばかし散歩に出たら、ぶらりとライオンがやって来て……」

「なら、鉄砲をとって撃ち殺すまでよ」

「テュンネス、昼めしを食ったあとだぞ。悪い予感はまるでしないから、鉄砲なんか携えてないにきまってるだろ」

「そいじゃ、拳銃をとって撃ち殺すまでよ」

「いいかテュンネス、腹ごなしの散歩だぞ。拳銃つきベルトも締めてないと思え」

「そんなら、棍棒《こんぼう》を手にとり、なぐり殺してやろうじゃないか」

「あのなあテュンネス、サハラだぜ！　砂しかないんだ。棍棒なんざ、どこを探したって見つかるめえ」

「やいシェール、おまえどっちの味方なんだ。ライオンか、それともこのおれか！」


ここらへんで環境問題にも目を向けてみよう。一ケルン市民たるにとどまらず、地球市民として。

アメリカ先住民居住区ちかくの山林に住む白人男性が二人、晩秋の一週間、冬にそなえて薪《まき》割りをした。終わると、酒場でウイスキーを一杯やりたくなり、町へ向かった。途中先住民の老婆に出会ったところ、ひっきりなしに「ごく厳しい寒い冬になるぞよ」とつぶやいている。そこで二人は、念のためもう一週間薪割りをすることに決めた。

一週間たって町に入ると、また例の老婆に出会った。「ごく厳しい長い冬になるぞよ、さぞ凍えることじゃろう」とつぶやきどおしである。二人は心配になり、なおもう一週間、冬にそなえて薪割りすることにした。

そのあと町に入ると、またまた例の老婆が立ち、しきりに嘆いている。「ごく厳しい、ひどい冬になるぞよ！」

そこで二人のうち片方が歩み寄って尋ねた。「賢そうなおばあさん、どこにそういう兆しが見えるんでしょうか」

老婆は答えた。「むこうの山林に白人が二人住んどるが、もうここ三週間ぶっとおし、夢中で木を伐《き》っているからじゃ！」

にんげん、終りが近づけば、どうしても天国と地獄のことが気になってくる。本書も終りに近づいたことだし、そういうジョークをまとめてごらんに入れよう。

マキアヴェリは、統治者が倫理的規範をかなぐり捨てるように勧めた文筆家として知られる。その彼が臨終の床に横たわったとき、とりかこんだ人たちからせっつかれた、「いいかげん、誓って悪魔から離れたらどうだ」と。

マキアヴェリ答えていわく、「この期《ご》におよんで、新たな敵をつくれというのか」

二人のイギリス貴族がぱったり出会った。片方がふと思い出し、気の毒げに言った。「聞くところ、奥様を埋葬しなければならなかったそうで」

相手は答えた。「ほかにどうすればよかったでしょう。死んだのですから」

死刑囚が最後の望みを述べた。「電気椅子に坐ったら、弁護人の手をずっとつかんでいたいです！」

その牧師は休暇をとっても、静養先まで地元新聞を転送させていた。ある朝そこに自分の死亡広告が出ていた。だれか悪ふざけでもしたんだろう、と思ったけれど、いちおう監督「カトリックの司教にあたる」に電話をかけた。「もしもし、わたしの死亡広告、ごらんになりましたか」

「もちろん見ましたよ」と監督はうけあった。

牧師が念のため訊いてみた。「でもこんなたわごと、お信じにはならなかったでしょうね」

「もちろん信じませんよ」と監督はうけあった。「ただ、おっしゃってくれませんか、いまどこから電話してるのか」

三人の葬儀屋が、ある会合で「景気が悪い」とぼやきあっていた。天候がよすぎ、人々がじょうぶすぎるせいである。

一人目が明かすには、「うちなんざ、先月は土葬が七件、火葬が三件、たすことの水葬が一件。それっぱかしだぜ」

「うちだっておっつかっつだな」と二人目が受けた。「土葬が八件、火葬が三件、水葬が二件だもの」

「それに比べりゃ、うちはましかな」と三人目が発言した。「やっぱし土葬は七件、火葬は四件、水葬は二件しかなかったけど、堆肥《たいひ》化が六件はいったから……」

「堆肥化？」さきの二人はびっくり訊きかえした。

「そうよ、〝緑の党〟の連中もぼちぼち年とってきたからな！」


つい最近カトリックになったばかりのザームエル・ヴァイツェンバウムが、生まれて初めて告解場にはいり、ひざまずいた。

「わたくし、共同経営者の奥さんと寝てしまいました」

「何回くらいかな」と聴罪司祭の声がした。

「え？」ヴァイツェンバウムは訊きかえした。「ここは自慢話をする場所なんですか、罪を悔いる場所じゃなくて」

　隣人どうしいがみあい、民事訴訟になる、そういうケースがドイツでは非常に多い。ジョークにとりあげられるのは、まさかそんなとげとげしい話ではないにしても。

ある主婦がとなりの主婦に言いつけた。「あのね、おたくの猫がけさ、うちのセキセイインコを食べちゃったんですよ」

となりの主婦は答えた。「まあ、よくおっしゃってくれました。そいじゃ、きょうは猫に何もやらないでおきましょう」

となりのかみさんがねじこんできた。「おたくの坊ちゃん、こう言ったんですよ。あたしが牝牛〔ばか女〕みたいだって！」

おっかさんは答えた。「あの子にはいつも言い聞かせてるんですけどね。見た目の感じだけで判断しちゃいけないって」

ドイツでも全体として手仕事がすたれ、職人の腕が落ちてきた。新しい経済発展がもたらした一つの結果であるようだ。

理髪師が客に「どうなさいますか」と希望を訊いた。

客は答えた。「左側はぺったりなでつけてください。右側は十段から十一段、波打たせてください。前髪は二、三本ひたいにかかるように。うしろ髪は一房、背広にかぶさるように」

理髪師は首を横に振った。「そんなこと、あたしゃできません」

「どうしてできないの」と客が訊きかえした。「三週間まえ散髪してくれたのが、いま言ったとおりだったくせに」


このあと理髪師は、当節はやりの心理療法医《サイコセラピスト》を訪ねていったのではなかろうか。


ある男が心理療法医のカウンセリングを受けようと思い、待合室に入った。出口のドアが二つあり、一方には「お母さん大好き」、もう一方には「お母さん大きらい」と書いてあった。男は「お母さん大好き」のドアを開けて進んだ。すると次の部屋にも出口のドアが二つ付いており、一方には「お父さん大好き」、もう一方には「お父さん大きらい」と書いてあった。「さてはエディプス・コンプレックスの気《け》でも調べたいのかな」と思ったので、「お父さん大きらい」のドアを開けて進んだ。

こんどの部屋にも、やはり出口のドアが二つ付いている。一方は「年収十万マルク以上」、もう一方は「年収十万マルク未満」だそうである。男は「年収十万マルク未満」のドアを押した。なんのことはない、ふたたび元の表通りに出ていた。

ドイツは難破の危機に瀕している、という議論がかまびすしい。再統一の結果、さまざまな財政問題・社会問題が生じ、いまだに克服しきれてないからだ。とまどいにも似た今の気分には、一九六〇年ユダヤの老人がイスラエルで話した、次のジョークがぴったりかもしれない。

あるユダヤ人がエルサレムで〝嘆きの壁〟にすがって祈った。「主なる神よ、われらは二千年の永きにわたり、こいねがってきました。なにとぞ一族同胞を父祖の地へ帰郷させたまえ、と。でもそんな大それたことが、よりによって、このわたしらの代に実現しようとは！」

落穂ひろい

ある居酒屋が開業十周年を迎え、おやじがシャンパンと特選缶詰セットのかごを常連テーブルに寄贈した。常連客たちは、だれがかごをもらうべきか思案していたが、そのうち一人がこんなコンクールを提案した——「この世でいちばんすてきな場所はどこか、という課題を設定するんだ。それにベストの回答を思いついたやつが、持ってっていいことにしようや」

　一同ひとしきり首をひねった。いざ披露の段となり、一番の喝采を博したのはヴェルナーの回答である。すなわち、「いちばんすてきな場所？　ベッドの女房のそばにきまってるだろ」

　取決めどおり、ヴェルナーはかごをかかえて帰宅した。もちろん細君から、どういう手柄でもらったのか訊かれた。でも正直に明かす気がせず、こう言い張った――「いちばんすてきな場所は、っていう課題が出たから、教会だと答えたのさ」

「それほどユニークな回答とも思えないわね」と細君は言ったけれど、結構な品々にはうれしさを隠さなかった。

　次の日、常連客の一人がヴェルナーを電話でつかまえようとした。細君が受話器を取ると、相手はこう言った――「これはこれは、奥さん、重ねておめでとうございます。いや、うらやましい。いちばんすてきな場所は、っていう課題に、ヴェルナー君が出した回答ときたら、すばらしいのなんの！」

「あたしもうれしく思います」と細君は応じた。「ただ、どうも腑《ふ》に落ちないんですよ。だって、あたしが本人をあそこへつれこんだのは、あとにも先にもたった三回。婚約の折と、結婚式の折と、会社創立記念日の折、この三回だけなんですから」

若い女性が精神科医の診療を受けにきた。ひとめ見るなり医師は女性を抱きしめ、長椅子に投げ出して、そのままことにおよんでしまった。

　すむと医師は立ちあがり、身なりを整えてから、長椅子わきの安楽椅子に深々と腰をおろした。そして言うのに、「あれがわたしの問題でした。あなたの問題は？」


ネズミの母親が子ネズミ五匹をつれて散歩に出た。と、とつぜん大きな猫が茂みから飛び出し、うなり声をあげた。「ウウウ、ガオ」

　母さんネズミ、すこしも騒がず、うしろ脚で立って猫の目を見つめ、おもむろに言った。

「ワンワン」

　猫はうろたえ、きょろきょろ見まわしたが、すぐパッと逃げ出した。

　母さんネズミは子供たちのほうに向きなおった。「ね、みんな、これでわかったでしょ。少なくとも一つは外国語をマスターすることが、生きるうえでどれほど大事か」

訳者あとがき

ドイツ人の評判は、日本ではおおむねいい。誠実で、ものごとをとことんやりぬき、信用がおけると思われている。ただマジメすぎるのが玉にきず、ユーモアを解さず、深刻に傾きやすく、息苦しくなりかねないとも思われている。たしかに、純文学にしても芸術映画にしても、重みや深みはあるにせよ、概して笑いは乏しいようだ。映画作家で優れた小説家でもあるドーリス・デリエなどは、それをドイツ人インテリ層の通弊とみなし、逆方向に新境地を開いている。

では一般のドイツ庶民は、そろいもそろって石あたまのカタブツなのかというと、決してそんなことはない。ビヤホールやワインセラーに一歩足を踏み入れてみればわかるとおり、どこもじつににぎやかで、議論だけでなく談笑も楽しんでいる。バカ笑いのあげく止まらなくなり、涙なんか浮かべている人もいるくらいだ。

単なる笑い上戸の例外的現象だとは言いきれまい。げんにテレビ・ラジオ・新聞・雑誌の〝お笑いコーナー〟は人気があり、それを集めたジョーク集などもいろいろ出ているのだから。本書もそうした一例であるが、時期を戦後の五十数年にかぎり、背景となる世相をたどってコメントしてある点がミソといえよう。もちろん時代とかかわりなく、いつの世にもおかしいジョークはあるけれど（とくにシモネタ）、コメントがないとわかりにくいジョークも当然あるわけで、これによって現代史のアウトラインまでたどれるのは大きな魅力にちがいない。

ともあれ、あの謹厳実直なドイツ人が爆笑するとは、われわれ日本人にとって意外であり、おおげさにいえば発見でさえあって、一読ぐんと親しみが増すのではなかろうか。時には「そこまで言うか」と、あいかわらずの徹底主義にあきれながらも――

＊

「はしがき」にあるとおり、本書はひとりよがりに陥らぬよう、ドイツ人だけでなくイギリス人も加えた、冷静かつ親密なチームワークにより出来あがった。実際にネタを収集・選定し、記事を執筆したのは、ディーター・トーマ、ミヒャエル・レンツ、クリス・ハウランドである。したがってこの三人が編著者ということになるが、原書のタイトルページには「企画・編集ペーター・ヤーミン」と明記してあり、彼にも著作権があるらしい。そこで以下、三人の編著者とならべ、彼の略歴も紹介しておこう。

ディーター・トーマ（一九二七年生れ）はコメディアン、フリーライターをへてジャーナリストとなった。『ケルナー・シュタットアンツァイガー』紙の主筆をつとめたのち、西部ドイツ放送に転じ、ラジオの編集責任者として、また「昼のマガジン」ほか各種トピック番組の司会進行役として活躍した。現在は肩のこらない読物の執筆にいそしみ、『バック転』『しゃれた引用句2000』などの著書がある。

ミヒャエル・レンツ（一九二六―二〇〇一年）は『ヴェストドイチェ・アルゲマイネ』紙の編集にたずさわるかたわら、映画・テレビ用の脚本を書き、ドキュメンタリー映画（約六十本）やテレビドラマの監督・プロデューサーもつとめた。生涯に受賞したアードルフ・グリメ賞はつごう三度、連邦映画賞は五度にのぼる。映画批評家としてドイツ第二テレビにレギュラー出演し、北ドイツ放送のトークショーでも楽しい司会をしたことから有名になった彼は、一九九一年に新聞社を退職し、以後フリーの脚本家として映画界につくした。一九九四年からはケルンのメディア芸術大学で脚本論・演劇論も講じていた。

クリス・ハウランド（一九二八年ロンドン生れ）は英軍兵士としてドイツの土を踏み、一九四八年からハンブルクで英軍放送網のアナウンサーをつとめた。その後「ハインリヒ・プンパーニッケル」役のコメディアンを演じたり、「お嬢さん《フロイライン》」などのヒットソングを歌って人気が出、脇役ながら映画出演も約三十本こなした。「スタジオBからの音楽」「はい、カメラですよ！」といったテレビ番組でもいい味を出し、いまやすっかりドイツのエンタテイナーになりおおせている。

ペーター・ヤーミン（一九五一年生れ）は編集者として出発し、『ヴェストドイチェ・アルゲマイネ』紙の編集局で局長代理までつとめたが、一九八五年に独立し、フリーの文筆家・ジャーナリストとなった。映画・演劇の脚本も手がけ、いっぽう西部ドイツ放送が放映する「行方不明」シリーズを企画したり、テレビショーの台本を書いたりと大活躍である。コミュニケーションがらみの実用書や、『鳩の勝ち』などの小説も公刊している。

*

以上、いずれもさばけた人たちのようで、これならおもしろい本ができるのも道理だが、訳書は原書そのままではなく、分量からして半分に満たない。ジョークの実例をさらに選りすぐり、トーマ／レンツ共同執筆のコメント記事も圧縮してエッセンスだけに絞ったからである。

また原書では、各章の初めにハウランドがエッセイを寄せ、ドイツ人のユーモアの特質を解説しているけれど、訳書ではすべて割愛し、いいネタだけ「落穂ひろい」へ割りこませることにした。そのかわり各章のトビラに略年表を添え、あちこち漫画ふうのイラストを配したのは、現代史にまつわるジョーク集だという特徴を打ち出したかったからにほかならない。

いまさらいうまでもなく、わが国には昔から落語というすばらしい話芸がある。原書を読みながら、私は「これなんか落語のマクラにも使えそうだな」と何度思ったか知れない。そのことが念頭にこびりつき、また私じしん下町場末育ちのせいもあって、訳文（とくに会話）はつい下町言葉っぽくなってしまった。そこで最後に弁解じみたアドバイスを一つ——読者のみなさん、下町言葉がお気に召さなかったら、どうぞお国言葉に翻訳なさってお楽しみください。

二〇〇四年五月

西川賢一

GANZ DEUTSCHLAND LACHT!
50 deutsche Jahre im Spiegel ihrer Witze
von Michael Lentz • Dieter Thoma • Chris Howland

Published by arrangement with
Michael Meller Literary Agency GmbH, München, Germany
Through Meike Marx, Yokohama, Japan

ディーター・トーマ

一九二七年生まれ。ジャーナリスト。ラジオ番組の司会や随筆の執筆などでも活躍。

ミヒャエル・レンツ

一九二六年～二〇〇一年。脚本家。映画批評家。ケルン・メディア芸術大学で教鞭もとった。

クリス・ハウランド

一九二八年生まれ。イギリス出身のエンタテイナー。アナウンサーから転じた変わり種。

西川賢一（にしかわ けんいち）

一九四二年生まれ。東京外国語大学ドイツ語科卒業。翻訳家。主要訳書：ライヒ＝ラニツキ自伝『わがユダヤ・ドイツ・ポーランド』

集英社新書〇二四七C

ドイツ人《じん》のバカ笑《わら》い

二〇〇四年六月二二日 第一刷発行

編者……ディーター・トーマほか 訳者……西川賢一《にしかわけんいち》

発行者……谷山尚義

発行所……株式会社集英社

東京都千代田区一ツ橋二-五-一〇 郵便番号一〇一-八〇五〇

電話 〇三-三二三〇-六三九一（編集部）

〇三-三二三〇-六三九三（販売部）

〇三-三二三〇-六〇八〇（制作部）

装幀……原 研哉

印刷所……凸版印刷株式会社

製本所……加藤製本株式会社

定価はカバーに表示してあります。

ISBN 4-08-720247-X C0236

Printed in Japan

a pilot of wisdom

a pilot of wisdom

集英社新書　好評既刊

「水」の安心生活術
中臣昌広　0235-G

飲み水、風呂水からカビ、ダニまで、水まわりに関する知恵を保健所の「水の番人」が豊富な実体験から語る。

60歳からの防犯手帳
中西　崇　0236-B

気をつけて！　シルバー世代を狙う犯罪の手口と対策を具体的に解説。離れて暮らす子ども世代も必携。

戦国の山城《やまじろ》をゆく
安部龍太郎　0237-D

鉄砲伝来と織田信長登場で迎えた戦国の大転換期。その舞台となった各地の山城を訪ね歩く、本格歴史紀行。

なぜ通販で買うのですか
斎藤　駿　0238-B

『通販生活』で独自の地位を築いた㈱カタログハウス社長が「通販」を通して日本の消費社会の深奥に迫る。

うつと自殺
筒井末春　0239-I

激増する中高年の自殺の多くはうつ病が引き金。だが、この病気は治せる。大切な家族を守る現代人必読の書。

上司は思いつきでものを言う
橋本　治　0240-C

部下の提言に、なぜその一言？　現場=故郷を旅立って彷徨う「上司」の発生とサラリーマン社会の深層。

朝鮮半島をどう見るか
木村　幹　0241-A

「隣人」をめぐる常識に挑戦！　日本との間にある、こじれた問題の構造を解き明かす、新たな視点がここに。

女性学との出会い
水田宗子　0242-B

女性の視点から社会や文学をとらえ直す、新しい研究分野として'70年代に登場した学問を、第一人者が語る。

ジョイスを読む
結城英雄　0243-F

二十世紀最大の言葉の魔術師といわれる作家の生涯と主要作品のポイントをやさしく紹介。最良の入門書。

パレスチナ紛争史
横田勇人　0244-D

9・11、イラク戦、テロの連鎖、すべてはパレスチナから。現役記者が独自の視点からその歴史と現在に迫る。

既刊情報の詳細は集英社新書のホームページへ
http://shinsho.shueisha.co.jp/